主君的太阳

洪美兰 洪定恩（洪氏姐妹）黄霞詠 著

韩成武 叶静怡 译

上

中国电影出版社

目　录

第一章

对我来说很特别的你

1

透过萧条散落的雨滴，闪动的霓虹灯光照进银河考试院内，显得有些莫名的阴森和恐怖。楼梯口处有个人蜷缩着身子，在那里翻动着破旧的可回收箱子。

她低着头，散乱的头发遮住了脸，在黑暗中耸动的样子看起来有些诡异。

“太阳～太阳～太小姐!”

一道清脆的声音响起，一个相貌看起来刻薄又贪婪的女主人出现在走廊里，她好像在呼唤着谁。

听到呼唤声，蜷缩在角落里的女子缓缓转过头来。她叫恭实。

认识她也不是一两天了，但女主人还是被恭实的样子吓了一跳，缓缓用手平复着胸口说道："404 号房主退房了，你赶紧把屋子收拾一下。"

什么？404 号？！想想就不寒而栗。

恭实心里清楚地知道那个房间的人，总是住不了多久就搬出去的真正理由。不过，就算她说出来也没有人会相信，所以，只能憋在心里。

恭实无奈地迈着沉重的步伐走到 404 号房门前，小心地推开了房门。

"吱呀"的开门声听起来很讨厌。虽然面对着考试院内并不陌生的屋内景象，但是她却一点都高兴不起来。

伴随着震耳的雷声，一道闪电照亮房间的一刹那，恭实突然看到一位满嘴掉牙的鬼奶奶正对着她发笑。恭实被眼前的恐怖景象吓到了。她哆嗦着假装没有看见，快速地扫着地，心里想：真该死！看到了不该看到的东西。

真是的！不想看见的偏偏遇见。

怎么办才好呢？

这时唯有三十六计，走为上计！

惊慌的恭实拼命地跑向走廊，奔向自己的阁楼。恭实感到今天的走廊比百米赛道还要漫长似的。终于,她气喘吁吁地上了阁楼,哆嗦着用双手把门紧紧地反锁上。

这时,伴随着“哐!哐!哐!”的声音,不知道是风还是鬼好像故意戏弄她般的用力敲打着房门。

恭实生怕门锁不够结实,便直接用后背死死地顶住房门,靠在门上苦苦哀求道:“走开啊!别过来!走啊,我求你了……”

或许是她的祈祷起了作用,“哐哐”的声音渐渐消失。恭实闭着双眼,像蜗牛一样蜷缩着一动不敢动。

过了一会儿,她竖起耳朵倾听,直到听不到任何动静后才安心地喘了口气。

吁~幸好没事。

就在她试着慢慢睁开紧闭的双眼时,鬼奶奶的脸一下子出现在了她的面前,吓得恭实一声尖叫:“啊~~~!!!”

她的名字叫太恭实。

不知道什么时候开始,她有着与众不同的能力。她能看到不该看到、不想看到却无法躲避的那种东西,也就是说她有可以看得到鬼魂的能力。

或许真的是一种特异功能,但更像是一个诅咒。没有人相信她说的,也没有人能理解她。

真不知道怎样去形容这样的她。目前只能用干瘦的躯体、像鬼魂一样空洞的眼眸、散乱不堪的头发来描述她。

这样的她,此刻正一脸苍白地站在之前从未到过的乡下的一家破旧的砖瓦房门前。雪白的雨衣让她的脸看上去更加苍白了。她的视线停留在了大门前悬挂着的昏暗的吊丧灯笼上。

恭实看了一眼手中早已褪色的存折和印章,长呼一口气后径直走进了大门。

屋内木地板正中间摆放着简陋的祭台和死者生前的遗像。死者居然是在404号房间内看见过的奶奶。

恭实面露难色,一点点走到死者家属跟前,用蚊子般的声音,小声地嘀咕着:“那个……有位奶奶让我转交这个……说是办完葬礼后,剩下的拿去还债。”

存折上留有不少钱,是老奶奶生前做杂活一点点攒下的。看样子老奶奶是想把这笔钱留给她的孩子们。看到存折里面的钱,死者家属和亲人们都用惊讶的表情看着恭实。

恭实接着用微弱的声音说道:“那个……就是还有些话让我转告……”

死者家属正含着泪好奇地注视着恭实说话。突然,恭实一下子抓住老奶奶儿子的衣领,把脸贴上去,以命令的口吻大声道:“你这该死的家伙,你要是敢再去赌博,我就把你的手砍下来。以后绝对不能再去赌博,听到了吗?!”

面对她的突变,死者家属们都惊恐地张大了嘴巴,不知发生了什么事。

恭实可能也感觉到自己的异常反应,迅速撤回双手,又一次用低微的声音说道:“……她是这样说的。那就这样,再见……”

恭实生怕遇到什么麻烦,连招呼都没打便匆忙转身朝屋外跑去。

恭实心想,不管怎样,照着鬼奶奶的嘱托去做了,也算是完成了任务,现在只想赶快离开这个地方。

身后传来死者家属们不断的争吵声,看着他们互相在拼命争抢存折的样子,恭实感到有些悲哀。

这时,大门外的远处出现了老奶奶的身影。看到自己的孩子们争吵的样子,老奶奶可能也感到一些心酸,无奈地摇摇头,冲着恭实点点头致谢后,“嗖”地一下,消失在了昏暗的灯光下。

2

“你说这里有鬼,是吗?”

乡村的一座田园住宅客厅内,坐着一个像阔少爷的青年和一个长得憨厚老实的男子,他似乎是这位青年的秘书。

他们是中元和奎道。

中元对面坐着的是一位50岁左右的中年人,看上去应该是屋子的主人,也许是房主人不想把房子卖了,中元和房主人在说着什么。

“是的,我死去的妻子,还在这屋子里。她不想把自己精心打理的漂亮房子卖掉。”房主人诚恳地说道。

明明之前说好要卖的房子现在又说不卖了?!而且是因为死去的妻子,真是让人生气!中元盯着放在客厅一旁满脸欢笑的夫人照片,发出一阵冷笑。

中元心想,看来房主是铁了心做钉子户,想在我偌大的高尔夫球场中间以钉子户撑下去?!无论怎样,这里的房子都要铲平,不管他是什么借口,总不能因为房子漂亮就多给他钱。绝对不行!

中元强压着怒火试图与房主再次协商,但是给再多的钱，房主人都坚持不卖房子。中元感觉再多说也无济于事，脸上露出了意味深长的微笑。

“死去的妻子在这里……那好！如果真的在这里，那就出来一起协商吧……她怎么说？”中元心想，他倒要看看房主人到底怎么说。

房主人指着放在妻子照片一侧的花盆，脸上露出对妻子的思念，说道：“看看那边的花就会知道，那是我妻子生前最喜欢的。在我决定要卖掉房子之后，那花朵渐渐地枯萎了。可是，当我决定不卖后，那花朵又像现在这样重新盛开了。你说我怎么可以再卖掉这个房子呢？”

中元扭头仔细注视着那朵花，皱起眉说道：“你的意思是死去的妻子通过那朵花表态了是吗？！那好办，只好跟那朵花进行协商了。”

中元起身走到那朵花跟前，顺手拿起修剪盆栽用的剪刀，“刷刷”试了试，眼睛紧紧地盯着花朵，冷冷地说道：“花夫人，告诉我你的意见吧。”

“你不想卖掉这个房子，可我执意要买下这个房子。你是坚决不卖，是吗？”

“是的话就点点你的头，不然的话，我就把花剪掉。”

中元满脸杀气、冷酷的表情，拿着剪刀的手伸向了花朵。

房主人惊恐地向中元喊道:“你要干什么?!”

中元没有理会房主人,毅然说道:“给你三秒时间,一!二!三!”

话音刚落,不等房主人阻拦,“咔”的一声,花朵无力地掉落在地上。

“你疯了吗?”房主人气愤地向中元大喊。

“疯了的是你!活着的人都已经说好的事,却非要把死人拉进来,当做没有过的事一样,不是疯了又是什么?!”

中元一脸平淡地拿出合同接着说道:“你死去的妻子的意见,我已经斩断了。你就随了你孩子们的意见吧。”

“签字吧!”

房主气得发抖,痛苦又无奈地拿起了合同。

中元想终于拔掉了这颗眼中钉,脸上露出了心满意足的微笑。

中元走出了田园住宅大院,后面的奎道手里拿着刚刚签好的合同,撑起雨伞跟了上来。这时,房主人气愤地追出门口,手里握着中元剪掉的花朵,冲着中元的后背大声骂道:“你这个残忍的家伙,不管你说什么,我的妻子都会在这里。你这家伙,不要以为自己很了不起就得意忘形!就因为看不见便无视别人的感受的话,会遭雷劈的!!”

“我会一直堂堂正正地无视那些看不见的东西,那又怎样?!”

这时,老天好像真的看懂了房主人的愤怒,突然传来雷声和闪电。中元干脆推开为他撑伞的奎道,顶着漂泊大雨,冲着房主人说道:“如果我说错了话,就让我遭雷劈吧!”

就像电影《肖申克的救赎》中的画面一般,中元干脆闭上眼睛,展开双臂抬头面向天空。

突然,一声炸响!在电闪雷鸣之后,中元依然安然无恙地站在那里。

中元望向房主人,整理了一下身上的西装,笑道:“看来雷好像劈不到我啊!”

“但是,今天你们家是让钱给劈了。恭喜你!”

看着得意洋洋转身离开的中元的背影,房主人口中诅咒般地喃喃说道:“如果有鬼的话,一定会抓走像你这样的人的。”

朱中元,修长的身材、帅气的外貌加上举手投足间洋溢的高贵气质,怎么看都是一个白马王子的形象。不过与这样的形象恰恰相反的是,他的处事作风,就像个凶神恶煞似的魔鬼一般。作为 KINGDOM 购物中心的老板,他只认得钱。在他看来,所有的人际关系都要优先考虑是否有利用价值。他就是这样一个吝啬又薄情的人。

不知道为什么，也不知道从什么时候开始，人们不再叫他的名字，而是叫他“主君”。

“主君，你真的一点都不怕鬼吗？”开车的奎道轻声说道。

“哼！死人怕什么，活着的人更可怕！”中元接着说道。

“我要重新确认一下合同内容，你做好录音了吗？”

中元打开录音机，录音机里传来奎道的声音：“KINGDOM 高尔夫球场土地买卖合同书……”

中元戴上一只耳机，头慢慢靠在后座上，仿佛在欣赏音乐般的慢慢地闭上了眼睛。

这时，开车的奎道发现了远处路边有个模模糊糊的影子。雨中湿漉漉的道路边上，有个人影穿着白色雨衣，低着头站在那里，就像一个女鬼一般。

“那是什么？是人吗？”奎道自言自语道。

听到奎道的话，中元睁开了眼睛，向前一看。中元也看到了一个模模糊糊的人影在那里招手拦车的样子。

车灯照在那人的脸上，是恭实！

奎道犹豫着问中元是否停车。最讨厌跟麻烦沾边的中元不耐烦地回答道：“别理她，直接开过去。”

奎道心里莫名地感到不安，虽然觉得这样做不怎么好，但还是无可奈何地瞄了一眼，便直接开车驶过恭实站的地方。

就在这时，一道白光突然闪过，奎道惊慌地急刹住了车。

随着惯性整个身体不由地撞向前方的中元生气地喊道：“你在干什么?!”

“不是，刚才突然有一道闪光。是闪电吗?”奎道不明所以地解释道。

听奎道这么一说，中元试探地望向窗外。突然看见车窗外探头往里瞧着他的恭实，着实吓了一跳。

没等中元反应过来，恭实就打开车门钻了进来，一屁股坐在后座上，用感谢的眼神望着中元。被雨淋湿的衣服还不停地滴着水。

“谢谢！我还以为你们没有看见我，直接开走了呢。嗯哼哼!”恭实傻笑道。

真不知道她是性格使然还是真的缺心眼，总让人哭笑不得。

奎道不知道怎么办的样子，瞄着中元的脸色。中元似乎明白奎道的心思，身子往另一边挪动一下，命令奎道继续向前开。

车在雨中继续前进。

奎道因刚才的事感到有些不好意思,透过后视镜亲切地问恭实:“小姐,你怎么知道什么时候来车,一直站在那里等着了吗?”

“有个大婶告诉我,说只要站在那里就会有车来的。”恭实回答。

“那位大婶可真神道,跟鬼似的猜对了。”奎道笑着说道。

她说:“‘就算躲得过雷,也躲不过我的’。嗯哼哼~”

恭实想想也不知道怎么说明才好,不过还真佩服那鬼的预测能力。感觉挺可笑的恭实一边傻笑地回答,一边脱着身上的雨衣。

盯着恭实的中元,内心隐隐升起一股难以平息的烦躁。

“对了,这车是去往首尔吧?”恭实望着中元问道。

“不是!”

“是的。”

中元和奎道同时道出了各自的想法。

中元不耐烦地命令奎道说道:“在前面找个合适的地方停下吧。”

“是,社长。”

社长?恭实惊讶地看了一下中元,不经意间看到中元手中印有 KINGDOM 标志的文件。莫非是 KINGDOM 的社长?!

恭实面露喜色,左手不由自主地伸向了中元手中的文件。

中元迅速用右手挡住恭实的手。就在两只手碰到一起的一刹那,恭实触电般缩回了自己的手。恭实仔细看了看手,用神奇而又认真的眼神望着中元道:“刚才触电似的麻酥酥了,对吧?”

“没有!”

中元其实也感觉到了,但不想承认,也不想理会她,冷冷地回答道。

“没有吗?我可是感觉到麻酥酥的,而且挺强烈的那种,是吧?”

“没有!”

中元再一次斩钉截铁地说道。

“不会呀?!嗯哼哼!”

恭实面对中元冰冷的态度,也不再追问,只是感觉奇怪地自言自语道。

过了一阵,恭实好像想起什么,开口说道:“你是 KINGDOM 社长吗?KINGDOM 是那个非常大的购物中心对吧?”

没有答复,恭实接着说道:“我就住在那儿附近,如果去那儿的话……”

“我看前面十字路口的地方挺合适的,就在那儿下车吧!”

没等恭实讲完,中元就像剪掉那朵花一样,打断了她的话。

恭实面对中元果断的态度,无奈地耸耸肩。心想:这人好薄情啊!

恭实有些灰心,无聊地看向前方。突然,她看到道路中央有一个身穿工装、浑身血迹斑斑的中年男子的鬼魂站在那里。

“啊!”

中元和奎道都被这突如其来的尖叫声吓了一跳。奎道本能地又踩了一次急刹车。惊慌的奎道反而关心地回头问恭实:“出了什么事?”

恭实双手捂住眼睛,惊慌失措地躲在后座,埋头哀求道:“快走,快点离开这里!求你了,快点啊!”

中元和奎道都不知发生了什么事,奇怪地看着恭实。

男子的鬼魂无声无息地飘过来,近在眼前看着更加恐怖。

恭实为了躲避靠近的鬼魂,拼命越过后座扶手,向中元一侧靠去。

这时,不明真相的中元怎会容忍,抓住靠过来的肩膀,用力推开了恭实。

就在这一瞬间,近在眼前的鬼魂突然消失得无影无踪。

咦?怎么回事?鬼魂不见了。

这是怎么回事?为什么呢?恭实神奇地望了望窗外,又望了望中元。

虽然不知道什么原因,但是恭实却有着莫名其妙的开心和期待感,脸上不由自主地露出了微笑。

雨终于停下来了。

在一个人烟稀少的国道边小型服务区内,奎道和恭实对坐在桌前。奎道有些担心地端来一杯热水,递给恭实说道:“你没什么事吧?”

“谢谢,等一下……”

恭实刚接过杯子,拿到嘴边没喝又放下,无力地向服务区内卫生间的方向走去。

刚才在车里是怎么回事?中元看着恭实离去的方向,心想。

“虽然因为她大声尖叫,糊里糊涂地载她到这里,不过分明是她不想下车,故意捣乱的。”中元向奎道说道。

即便是有什么原因,中元不想听也不想知道。

“撇下她走掉好了,怜悯和照顾到此为止!”中元坚决地说道。

“这样不好吧！”奎道回答。

“你把车往前靠靠,我来跟她讲!”

中元说着向恭实离去的方向大步走过去。

不知情的恭实还在厕所里回想刚才车上发生的事情。

恭实想:好奇怪啊,肯定有什么原因。

中元的手碰到自己的时候,鬼魂突然消失,还有中元抓住自己肩膀的时候,触感也不坏。嗯哼哼~！恭实又一次傻笑。

不过,恭实的表情马上又苍白起来,她回头看见刚才那个血淋淋的男子的鬼魂正在外面冲着恭实笑。

真是的,恭实的脸又哭丧起来。

中元等得有点心烦,走过去探头望了一眼女厕所内,并没发现任何动静。感到有种不祥的预兆,便进去看了看,却没发现恭实的影子。从厕所里出来的中元四处寻找恭实,突然听到熟悉的声音从服务区后面传来,就是恭实那特有的说话声音。

中元悄悄地走过去,发现恭实蹲在那里把烧酒瓶和纸杯推来推去。中元真搞不懂这是怎么一回事。

“不是说喝酒后出的事故吗？你还想喝酒，我真无法理解。”恭实自言自语地说道。

恭实不知道中元的到来，在那里自己倒了一杯酒，嗯哼哼~一边傻笑着，一边还不停地摇着手说：“不行，不能喝的！”

然后，举起纸杯放到嘴边一下，马上又放下说道：“这样满意了吧？其实我也没有结婚，嗯哼哼~漂亮什么呀！”

恭实不好意思地红着脸扭头微笑着。

不管是谁看见恭实，都能从客观上判断出来，恭实就是一个疯子。起码在中元的眼里，恭实就是这样子。

不过，恭实的眼前却坐着那个浑身血淋淋的男子的鬼魂，他正喝着酒。只不过中元看不见罢了。

不知道有啥高兴的事，恭实接连嗯哼哼~嗯哼哼~傻笑着，突然发现了走到跟前的中元。

中元不想再跟这样的疯女人有任何关系，当做没看见，“唰”地一转身大步走开了。

恭实生怕跟丢似的，一边连奔带跑追在中元的后面，一边不停地喊：“哎~哎~”。

中元假装没听到，不仅头也不回，反而加快了脚步。

恭实身后满身是血的男子的鬼魂也紧追不舍。

“你别跟来，你快走开吧！”恭实一边追中元，一边向鬼魂挥手说道。

恭实怎么跑也无法甩掉那只鬼魂，突然“嘭”的一声，好像撞在墙上一般，抬头一看，原来撞在了中元宽厚结实的后背上。一瞬间，跟来的鬼魂突然像一溜烟，又消失得无影无踪。

恭实瞪着眼睛，神奇地望着中元说道：“不跟来了，走掉了。哇~ 好神奇！”

恭实一会儿摸摸这里摸摸那里，一会儿又把头贴在中元的胳膊和背上，惊叹不已。

不过，中元的脸上明显是讨厌和厌恶的表情。

“我最讨厌的事情有两个。一个是动我的钱，另一个是碰我的身体。动我钱的人让我剪掉了脖子，碰我身体的手腕该如何是好呢？”中元冰冷地问道。

看出中元并不像在开玩笑，恭实迅速抽回双手。不好意思地说道：“是因为大叔一直跟来，很害怕所以……”

“可我什么也没看见。”中元看了看后面回答道。

恭实能看见的，中元当然是无法看到的。不过，的确有鬼魂跟来了，而且分明是因为碰到眼前的这个男人又消失了。恭实想想又说道：“多亏听大婶的话，坐了你的车子。”

“那个像鬼一样的大婶是吗？啊~ 和一直跟来的大叔是朋友吗？那你回去跟大婶和大叔再喝一杯吧。”中元回答道。

"现在不见了,好像是因为你的关系。"恭实认真地回答道。

"也对,我有个特别的本事,能够赶走穷追不舍的麻烦。想看看吗?"中元说道。

好奇的恭实天真地点点头,两眼直直地盯着中元。

这时,奎道缓缓地把车停在了不远处。

中元缓缓地把恭实的双手从他身上拿开,一字一句地说道:"放开手,在这儿别动。不要吓着,看好了!"

中元大步走向汽车,恭实期待将要发生什么事情一样,好奇地盯着中元不放。

可是中元上了车,"嗖"的一声,车子无情地开走了。

恭实这才反应过来,追了上去。

不过,中元的车加速离开了。

恭实追了一会儿,气喘吁吁地停了下来,用可惜的表情望着消失在夜色中的车,泄气地说道:"真是的,真的走掉了。"

"她跟过来了。"奎道有些担心地说道。

"就是个疯子,不用管直接走。"中元冷酷地说道。

中元看见后座上恭实留下的白色雨衣,不耐烦地伸出两个手指，轻轻捏起后甩到后座下面。

这时，从雨衣中掉下来一朵花，和刚才中元在客厅里剪掉的花一模一样。

“就算躲得过雷，也躲不过我的。”

中元想起了车上恭实说的话。

也不知是因为恭实的话，还是因为那朵花，中元怔怔地看了一会儿花，感到有些不吉利般地耸了耸肩，摇下车窗，“嗖”地一下将花扔出了窗外。

瞬间，地动山摇般电闪雷鸣！

3

中元大步走进 KINGDOM 大厅，紧随其后的是奎道、石哲和珍珠。石哲是 KINGDOM 购物中心的副社长，也是中元的姑父。

“早上看新闻了吗？娱乐频道报道太伊玲和刘海城的结婚庆典在我们 KINGDOM 举行。”石哲略带得意地说道。

“关于 KINGDOM 只播放了不到 15 秒，你觉得这也叫做宣传吗？”中元不屑地反问道。

“那是太伊玲婚礼报道，并不是我们 KINGDOM 的广告嘛!”面对中元的冷漠,石哲辩解道。

中元指着 KINGDOM 大厅中央的大幅太伊玲广告宣传画,斩钉截铁地说道:“是我花钱请的广告模特,也是我赞助举行的婚礼,那就是我们公司的广告!砸了多少钱,就要有多少的宣传效果,这个广告可是花了大价钱的,一定要做得万无一失!”

“不过……有一件让人操心的事情。”走进中元的办公室,石哲突然转移话题说道。

中元感到有种不祥之兆,皱起双眉缓缓坐在了自己的椅子上。

大家都带着严肃的表情盯着桌上的照片。照片是一个身穿白色连衣裙的女子和足球明星刘海城的合影照,像是订婚仪式,女子的手中捧着花束。奇怪的是女子的整个脸部被剪掉了。

“如果不是恶作剧,就是刘海城惹出的一段代价非常昂贵的过去。”

中元皱起眉头,显得有些不舒服。

“这女人是我不出名的时候抛弃我的女朋友。”刘海城拿起照片的手微微抖动了一下,手腕上的手链和照片中他所带的一模一样。

刘海城的话音未定,他的经纪人夸张地惊讶道:“真没想到,她居然发来这种东西……还请小心别让媒体知道此事,这女的很是恶毒。”

“恶毒的话,就应该断的彻底才是,为什么还带着它呢?”中元盯着海城的手链说道。

海城马上用另一只手盖住手链,平平地说道:“这是出于我的傲气,对抛弃我的女人的憎恨,成为了让我奋斗的动力。”

“奋斗是给她看的,结婚也是为了炫耀给她看,那么那个女人必定会来看啊?!”

听到中元的话,海城和经纪人都惊了一会儿,经纪人说道:“希望你们做好保安措施。”

“我可以给你们加强保安措施,当然费用也要增加的。”中元回答道。

任何事情喜欢干脆利落的中元,对这种复杂又污秽的事感到很厌烦。

豪华的美容室里,太伊玲的经纪人手里拿着太伊玲高中时期的相册在准备婚礼请柬。伊玲指手画脚地吩咐经纪人说道:“给她发请柬……她绝对不要发……嗯……”

太伊玲的手指突然在一张照片上停下,是太恭实。照片上的恭实满脸欢笑，与现实诡异的恭实的样子截然不同，相反旁边的太伊玲却显得平淡无比。

“太恭实，她呢……”伊玲沉默了一会儿，说道：“太恭实？跟你的姓一样啊，真漂亮！你们很熟是吗？”嘴快的经纪人问道。

“不熟，不过还是叫她来吧。”伊玲果断地答道。

高中的时候，恭实比伊玲学习成绩好，人也漂亮，两人并不亲近。不过伊玲想邀请她来，想看看她现在的样子。

相册中恭实的笑容是那么的欢快和清澈，伊玲的经纪人把恭实的名字记在了请柬目录里。

恭实端着饭桌来到两个小朋友跟前。

“只要给打开罐头，我们自己也能吃饭的……”

是304号房间住的承穆和承俊兄弟俩。因为妈妈常常白天睡觉晚上出门，所以经常在恭实这里蹭饭吃。不过，他们算是恭实唯一的朋友。看样子昨晚他们的妈妈又是很晚没有回来。

“我们妈妈为了挣钱很忙，所以没有回来。姐姐怎么不挣钱吗？”哥哥承穆边吃边问恭实。

“姐姐是在这里工作啊，考试院的清扫和房间的整理，都是姐姐做的工作。”恭实笑着回答。

“202号房的阿姨说姐姐很奇怪，说你是不务正业的疯子。”承穆看着恭实，天真地说道。

“大家都用异常的眼光看我是吗？其实姐姐本来不是这个样子，出了一次严重的车祸之后，跟别人有点不同罢了。”

恭实说着，脑海里浮现出过去的一幕幕情景……

车祸之后，她想平凡的生活，开始也找过工作，而且一度在大公司做过文员，身穿干净利落的衬衫和裙子，接待到访的公司客人啥的。有一次老板在和客人谈话，恭实端来咖啡的时候突然看到老板身边出现一个头上插着一把斧子、满脸是血的鬼魂，吓得恭实倒了老板一身咖啡。当然，没有多久她就被老板炒掉了。

以前也有过追她的男孩子，他虽然平凡但是人看起来很老实。不过，在他们接吻的关键时刻，他的身后突然出现他死去的母亲鬼魂，吓得恭实把他推翻在地。后来也就分手了。

为了生活，她一度也开过出租车，结果被断头女鬼、断腿的鬼魂等乘客吓得最终不得不逃出出租车拼命地逃跑。

恭实根本就无处可藏，也无法躲避，被那些紧紧跟来的鬼魂害得白天黑夜要不停地躲藏着生活。为了躲避鬼魂，恭实都没办法抬头走路，一直在想世上能有个藏身的地方该有多好。

“找个男人吧,我妈妈说是因为劳累和孤独才找男人的。姐姐也试试吧!”承穆看着恭实发呆,忍不住说道。

“男人?”恭实刚回过神来,眨着眼睛又想,如果是他或许……在车里抓住中元的时候、在服务区撞上中元的时候,鬼魂都突然消失无踪,说不定在他的身边就可以躲避鬼魂。不过他会见我吗?想着想着脸上浮现出期待的表情。

KINGDOM 购物中心始终是人山人海。

“说他是这里的社长来着……”

恭实避让着前来休闲购物来回穿梭的人们,蜷着身子注视着身边的人的脸色,小心翼翼地沿着一边走进来,嘴里这样喃喃自语,走到了走廊尽头的社长办公室门前。恰好这时看见奎道从社长办公室里出来,恭实心想没有找错地方。

恭实趁奎道开门离开的瞬间,偷偷闪入社长办公室一看,原来是和社长办公室相连的秘书室。还好,秘书室里没有其他的人。

恭实听到社长办公室里传来闹哄哄的说话声,于是蹑手蹑脚地凑过去,伸长脖子通过门缝望去。

“因为是举世瞩目的结婚仪式,届时会有各国的记者前来……为贵公司带来很大的广告效益……"

屋里刘海城的经纪人在一边观察着中元的脸色,一边装腔作势,滔滔不绝地说着话,中元却在那里面无表情地听着。恭实看到他的脸,很是欢喜,包括他身边的刘海城也是著名的足球明星,看见了自然是兴奋。嗯哼哼~!

咦?好像哪里有点奇怪!

刘海城身边好像还有一个人站在那里。恭实侧着头往里仔细一看,顿时和正在望着自己的女鬼四目相对。

呵!

恭实吓得倒吸一口冷气,身子失去了重心,向后倒去……

中元听到门外有异常动静,起身走来开门查看,却发现什么也没有。

原来,受到惊吓的恭实在慌乱中逃出办公室,躲到了走廊另一侧的拐角处,因为害怕使劲把头靠在墙上不敢抬起来。

这时,过往的公司职员们向她投来异样的眼光。

然而,恭实的身边还站着刚刚办公室里和她对视的女鬼。

恭实打了一寒颤,哭丧着脸想,这女鬼又是谁呀,又是要向我拜托什么事情才跟着我的吧?

过了一会儿，电梯口出现了从办公室里出来的中元和奎道，还有刘海城和他的经纪人。

恭实叹了一口气，眼睛从中元身上移到了刘海城，转身对女鬼说道："就是跟那个足球明星说在大树底下的东西就可以了，是吗？"

女鬼用冰冷的眼神望着刘海城，点了点头。

恭实想寻求搭话的机会，便小心翼翼的从后面绕到电梯口。就在刘海城乘坐的电梯将要关闭的一瞬间，恭实"忽"地一个箭步跟上去，把脚尖伸向了门缝。可惜迟了一步，"嘭"的一声，电梯门关上了。恭实伸出去的脚，中途好像是被一股无形的力量定在那里。

"刘海城～等一下！！"

恭实向电梯的方向呼喊着，即使伸长了双臂也已经晚了。

怎么会这样啊？！

原来有个人在身后抓住了自己的后衣领。恭实转过头一看，原来是中元。

恭实又高兴又觉得害羞，露出特有的笑容，笑道："嗯哼哼～ 是我。"

原来是她？她怎么会在这里？中元略感惊讶，心想。

这时，保安部李翰洙和保安员闻声跑过来。中元装作不认识的样子，把恭实交给保安员，冷冷地说道："是个可疑的人，带走吧！"

说完，头也不回走掉了。

恭实感到很失望，心想或许他一时没有想起来，于是拼命地挣着身子向中元的背后呼救道："社长，是我呀。下雨那天我们不是见过了吗，你不记得了吗？你不是说我总是碰你的身子来着吗？"

中元依旧当做没听到，大步继续向前走去。

"那天在车里麻酥酥的不是吗？我还把衣服忘记在车里……是我呀！"恭实不甘心地继续喊道。

中元不耐烦地停下，转过身看着恭实。听到如此暧昧的话语，旁边的李翰洙用略带疑问和吃惊的表情望着中元。

哦？终于想起来了吗？恭实呵呵笑了笑。

中元走了过来，恭实仿佛像罚站的学生站在中元面前，泄气地说道："我是来见社长的，可突然有事得见刘海城了。"

"社长也要接见，著名明星也要接见，您可真忙啊！"中元用嘲讽的语气说道。

"其实不是为了见刘海城来这里的……"恭实急忙打着手势，辩解道。

其实特别想要见的是他，如果他能一直待在自己的身边就好了,那也就没有必要去见刘海城。恭实这些话还没说出口,突然看见身边出现的那个女鬼,吓得双手不由自主地伸向中元的胳膊。

“我说你是专门迷惑人的花蛇呢,还是本该待在家里,却屡屡偷跑出来的疯女人吗?”中元急忙躲开,很生气地骂道。

“啊?!不是,不是那样的……”

恭实缩回手,蜷着身子委屈地看着中元,支支吾吾不知道怎么回答。

“如果是前者的话叫警车,是后者的话我给你叫救护车。你到底想坐哪个车回家?啊?!”中元接着吼道。

对恭实来说警车也坐过,救护车也坐过几回。其实,哪个车她也不想再坐。俗话说希望越大,失望越大。恭实遭到了中元的痛斥,想到抱着的一丝幻想也破灭了,她感到无比的失落,叹了一口气。

“那就乖乖地走开。你若再缠着我,我就会用更恶劣的方法让你离开。”中元用再一次警告的语气说道。

恭实也理解被追着的烦人的感受。仅仅对视而已,却追着人家不放,而且尽是些跟自己不相干的请求。恭实也烦那些人,不!应该是那些个鬼魂才对。他现在的心情恐怕跟自己差不多,既然这样再说也没用。没办法,只能回去！

恭实灰溜溜地转过身，拖着身子无力地走着，身边的女鬼紧追不舍。

中元看着恭实的背影，无奈地摇了摇头。

“中元！”

这时，传来一个女人的声音。原来是中元的姑姑，程兰。

朱程兰，原本想以华丽的单身终身到老，现在却因比她年小的石哲的求爱而沉浸在新婚幸福中。不过，中元认为石哲是为了自己的前途才与姑姑结的婚，所以一直没有叫他一声姑父。有时程兰对此也感到有些遗憾，不过更多的还是对中元的怜惜之情。她总是夹在自由奔放的中元父亲和对自己父亲不满意的中元之间，尝试调节父子俩的关系，却并没有什么帮助。每次向他转达父亲的消息时，中元都是一副冷嘲热讽的样子，看着总是有些心痛。

4

中元的家简约而时尚，却透着些许冷清。中元坐在客厅里，看着电脑画面上的文章，一句一句地念着。

“星星散落……太阳闪耀……踏进鬼门关……明天的天气会更冷……”

中元看着屏幕,不知按错了什么键,整篇的文章居然排成一行,模模糊糊地晃动着,皱起眉头仔细看也看不清楚,气得他丢掉键盘仰起头,闭上了眼睛。

该死!15 年前发生的那件事情,害得他得了难读症。这时奎道手里拿着录音机和简历表走进来递给中元,说道:“这是新来保安队长的简历表,内容已经录音了。”

中元拿起简历表先看了看照片。

姜宇,干练的外貌的确有着军人般犀利的一面。

银河考试院内,女房东正在为一个男子介绍着 404 号房间。此人留着一头短发,身后背着简单的行囊,正是简历表上的姜宇。

为了多留住客人,女房东吹嘘地称道:“这间是这里最好的房间,不过真的只住一个月吗?”

“是的。”姜宇进了房间,四处看了看,微笑着回答道。

“阁楼上还可以晾衣服,还可以做做运动,景色也不错啊……”房东接着介绍着说道。

姜宇顺着楼梯上了阁楼,从阁楼上望着首尔市的景色的确很美。阁楼一侧飘着洗过的白色被褥,姜宇看到旁边的旧椅子上好像有个人。轻轻地走过去一瞧，原来是恭实，她像一只小猫一样在晒着太阳打着瞌睡，看上去睡得很安静。姜宇贴心地把被子往一边拽了拽，帮恭实遮了遮太阳。恭实被脸上晃动的影子惊得睁开了眼睛，一下子看到了逆光下晃动的黑影轮廓。

"啊！"

"走开啊！！"恭实吓得一跃而起，闭上眼睛双手猛地推了过去，带着几乎抽泣的声音喊道。

姜宇被恭实突然的喊声吓了一跳，惊慌之中不小心被推倒，裹着被子倒了下去。恭实看着缠在被子里挣扎的姜宇，有些缓过神来，心想：原来是人啊？我还以为是鬼……不过是谁呀？

姜宇有些狼狈地从被子里钻了出来，像是减寿十年一般舒了一口气。

恭实和姜宇一边把被子重新挂上，一边掸了掸被子上的灰尘，说道："啊！原来是404号房新来的，那房间现在奶奶不在了，你应该可以睡安稳觉了。"

"那里原来住着老奶奶是吗，可没听房东讲啊？"姜宇疑惑地问道。

"也不是住……只是在那里待着来着。不管怎样，我是这里的夜间总务，往后有什么需要就跟我说吧。刚才没有吓到你吧?! 真不好意思,我还以为不是人呢? 嗯哼哼~!”恭实回答道。

“你也不像是个人呢!”姜宇看着满脸疑问的恭实,笑道。

“看起来像小猫,像一个晒着太阳熟睡的小猫!”

“是吗? 那你为什么叫醒正睡午觉的小猫啊?! 喵~!”恭实淘气地学着猫叫声,嗯哼哼~! 傻笑了一下。

姜宇带着微笑,很有礼貌的向恭实躬了躬身,转身下了楼,心想:真是个奇怪的女孩子!

恭实看着姜宇的背影,自言自语道:“哇~长得好帅啊! 嗯哼哼~!”

恭实转身,突然发现身边站着一个女鬼,原来就是那天站在刘海城身边的女人。

“吓我一跳,你怎么老是跟着我呀?!”恭实哭丧着脸,双手捂着胸口说道。

那个女鬼哀求着说道:“你见见他好吗……求你了……”

虽然讨厌,但是也有点可怜。怎么办好呢? 恭实的表情变得有些无奈。

KINGDOM 停车场中最宽最佳的位置上,停放着中元的车子。

奎道走到车前，正要开门，突然发现蜷着身子待在那里的恭实，吓了一跳，说道：“吓我一跳，小姐！”

恭实看到惊吓的奎道，虽然感到有些不好意思，不过比起直接去找无情的中元相比，求助于看起来为人和蔼的奎道会更容易一些，于是硬着头皮说道：“对不起，大叔！我有个请求，不知社长能不能见到刘海城？”

“今天社长的确与刘海城有约。不过，可不能带你一起去哦！”奎道马上回答道。

恭实心里知道不可能带她去，但是想想奎道肯定会跟中元在一起，所以让他偷偷去见刘海城还是没有问题的。

这时，远远地看见中元从玄关一侧出现，向这边走来。

“那你可以把这个转交给刘海城吗？刘海城见到这个东西就会来见我的，拜托您了！”

恭实没等奎道回答，急忙递出一张纸条给他，连声道谢后匆匆忙忙离开了。

演播室的化妆间里，太伊玲正向刘海城埋怨道：“你的年纪也不小了，而且还有伤在身，即使去也是削减你的身价，毫无益处，得不偿失的。”

“我不仅仅是个明星，首先是个足球选手，我更想在更大的舞台上施展才华。”刘海城反驳道。

“海城君，人们都说我们是韩国版的小贝和维多利亚，我不希望看到你失败的样子。你也没有信心，不是吗？！”

海城面对伊玲尖锐的指责，看着镜子里自己的样子，感到更加憔悴。不过，他不想就这样放弃。（镜子中，在耍性子的伊玲和海城之间，隐隐约约出现女鬼的脸，她正在望着他们。）

海城感到再说下去也没有意义，回答道：“以后再说吧！”

“听说没有人再找你，你的经纪人没有告诉你吗？”伊玲不依不饶地说道。

海城突然停下脚步，海城的脸有些僵硬起来。

“放弃吧，与其做无谓的冒险，还不如在这里过明星夫妇的生活。另外，你现在哪里有时间做那些，你看，又来了这样的东西。”球场上，经纪人对着练球的海城说道。

海城打开经纪人递过来的信封，里面是另一个角度拍摄的海城和那个女孩子的照片。女孩子的脸被剪掉了，照片背面赫然写着“刘海城，我知道你的一切”的血色字样。海城咬着牙，回想起几年以前的一幕幕。

大树下，海城和那个女孩儿在埋着时间容器。

“里面到底是什么呀？”海城问那个女孩儿。

“将来如果你抛弃了我,我可以用来威胁你的利器。”女孩儿认真地说道。

海城从回忆里回过神,靠着球柱喃喃说道:“美静在我身边的时候,是我最艰难的时期。我也做了不少遭人唾弃的事情,我的那些羞愧的往事可能都在那个里面了吧?!”

“去找了吗?它在哪里?”经纪人急切地问道。

“找过了,没有。应该是美静取走了吧!她是想用那些来威胁我吗?”海城恍惚地回答道。

“别担心,只要留在我的身边,我会为你解决的!”经纪人拍着海城的肩膀,安慰着说道。

在海城回忆的大树下,恭实正倔在那里坐着,好几天都没有睡好觉,两眼带着倦意瞌睡着。过了一会儿,恭实站起来伸了个懒腰,无意间看到对面大广告牌上的海城的照片,口中喃喃自语道:“原来你一直在这里看着他吗?”

“看什么看啊!”

恭实还以为是海城,高兴地回过头,却发现是中元面无表情地望着自己。

“这是什么?!”中元手里拿出纸条递给恭实,追问道。

恭实有些泄气地说道:“那个大叔真是的,还以为是个大好人呢。看来是近墨者黑,作战失败!连纸条也……”

这是恭实拜托奎道给刘海城的纸条,上面是恭实精心画上去的女鬼的素描画像和蒙太奇式的“会在天空公园中央广场大树底下等你”字样。

“这张脸是谁?这个女人或许是金美静吗?”中元问道。

“这女人是金美静,你怎么会知道?”恭实惊讶地望着中元。

“这不是威胁刘海城的女人吗?这女人在哪里?”中元想到这个说不定会搞砸这次庆典的女人,恨不得马上把她揪出来,更加气愤地说道。

恭实感到莫名其妙,怎么是威胁呢,看来他是误会了什么。

“她……已经死了。”

“死了??”中元疑惑地看着恭实,顿时醒悟了一般怒声喊道:“难道是你在威胁吗?”

“不是的,我只是替她转达她的心意罢了。她说一直都想守护他,为他加油的。让我转达她的这份心,请你把这个转交给刘海城好吗?”恭实哀求地说道。

中元听着恭实的话语,愣了一会儿。然后像是明白了什么,接过纸条看了看,又看了看恭实。突然当着恭实的面,撕碎了那个纸条说道:“死了就结束了,别再烦活着的人。”说完便径直离开了。

恭实不知所措地盯着中元的背影，心想：他怎么就不能理解自己呢？为什么不相信我呢?！恭实感到无比伤心。

回家的路上，恭实迈着沉重的步伐。

这时，恭实与一个蹑手蹑脚的人“嗖”地一下擦肩而过。等等，好像在哪里见过的人，很面熟，仔细一看胳膊上还戴着孝。啊~！原来是农村葬礼那天那个老奶奶的儿子。恭实觉得蹊跷，望向他走去的方向。难道是赌场?！恭实飞跑过去一把抓住了他的胳膊，着急地说道：“这里不是赌博的地方吗?！奶奶不是说不让你再赌博吗？奶奶那样叮嘱你不要再赌，还托我把那个存折转交给你，你怎么可以还……”

恭实说着，感到无比的伤心和委屈。

他看了看恭实，好像想起来了，露出了感激的笑容。不过，马上又带着不满的表情，辩解道：“你怎么管那么多闲事啊！死去的妈妈跟你有什么关系。放开手，他妈的，真是扫兴！”

说着狠狠地甩开恭实的手，走向赌场内。

恭实一想到忍气吞声去了那么远的地方，还遭了那份罪，结果到头来这算什么?！感到极度空虚和无奈，步伐更加沉重，喃喃自语道：“是啊！做这些都有啥用。死了的人说的话，谁又会相信……”

这时,那个刘海城的前女友美静的鬼魂挡住了恭实的去路。恭实虽然受到一丝惊吓,还是装作没有看到转过身。不料,女鬼还是挡在了恭实前面。

“拜托你走开啊！别跟过来！别来烦我了,就因为你们,大家都以为我疯了。求求你,让我好好活着行不行?!”恭实对着美静几乎哀求地呼喊道。

过往的人们用更加惊讶的表情看着恭实。当然了,谁看到自言自语的恭实,不会感到奇怪呢？恭实越发气愤,紧紧握住双手,咬着牙急匆匆离开了那里。

经历了漫长的一天,恭实心情无比沉重。拖着疲倦的身子,迈着沉重的步伐上了阁楼。当她要推开门的一刹那,从门缝里掉下一封信。恭实捡起来仔细一瞧,原来是太伊玲的请柬。

恭实的表情发生了微妙的变化。虽然不怎么高兴,但是不管怎么样,倒是可以利用这个机会见见刘海城。怎么办呢？恭实长长地叹了一口,表情更加复杂起来。

“威胁你的人确实是叫金美静的女人吗？好像是哪里有些误会……”在咖啡厅里,中元面对着刘海城和他的经纪人,缓缓说道。

“没错,就是那个女人。我好像看到她在办公室附近出现过。”刘海城的经纪人肯定地回答道。

“是亲眼看到的吗?”中元心想明明听说是死了,心里觉得这个经纪人有些奇怪,眼睛盯着经纪人用怀疑的口吻,反问道。

“那个女人我会阻挡的,你别太担心。只要待在我身边,我都会解决好的。”经纪人急忙避开中元的眼睛,若无其事地安慰起刘海城。

“她还活着……那个女人为什么还这样对我?”刘海城喝着闷酒,悲伤地说道。

“可能是因为钱吧!活着的人想要的除了钱还能有什么?你不也是害怕失去现在拥有的一切,不是吗?”中元说着,眼睛试探性地瞥向经纪人。

“我更害怕美静的心。”刘海城说着端起了酒杯。

“看不到的心有什么好可怕的。能看到的人,才是可怕的。”中元貌似无意地又看了看经纪人一眼,接着说道:“看来是喝多了,别搞砸了明日的结婚仪式,别再喝了!”

“说的有些过分了吧。”刘海城的经纪人不高兴地说道。

中元看着喝了近半瓶酒的刘海城,看都不看经纪人,冷冷地说道:“明天的结婚仪式对我的公司来说是个很重要的活动,你们也是花了大价钱的。不管妨碍的人是谁,总之会平安地解决好一切的。一定!”

KINGDOM 婚礼礼堂前聚满了电视台的车辆、记者还有摄像机。真不愧是举世的结婚庆典,挤满了前来取材的媒体和粉丝们。

在婚礼礼堂周边指挥的中元,突然停下脚步。

“那女人,还是到这儿来了。”

奎道顺着中元的视线,看到了躲着来往的客人往婚礼礼堂方向走去的恭实,手里还拿着一个盒子。

“为什么要绞尽脑汁想见刘海城呢?”奎道不解地问道。

“说是要转达死人的心。别把事闹大,马上通知保安部阻挡那个女人!”中元命令道。

“是!”奎道答道。

保安部办公室里,姜宇和保安员们注视着 KINGDOM 周围每个角落设置的监视器。姜宇好像接到了命令,拿起对讲机喊道:“李翰洙,注意现在经过你前面的女客人。”

哦!这女人好像在哪里见过。姜宇想起来了,原来是在考试院见过的女总务,在阁楼上晒太阳的小猫!不过,她来这里做什么?姜宇的视线跟着监视画面上的女人移动着。

“那个小姐是太伊玲结婚邀请的贵宾。”奎道有些难为情地说道。

“她是太伊玲的邀请贵宾?! 就她? 就她那样?!”中元有些怀疑地反问道。奎道接着说道:“说是太伊玲的高中同学,叫太恭实。”

“太恭实?”中元的表情异常,感到有些莫名其妙地不安。

另一边,在新娘的休息室里。太伊玲身穿世界著名设计师设计的婚纱,照着镜子,显得很满意。伊玲身边围着爱拍马屁的朋友们,正在七嘴八舌的议论着婚纱,羡慕得赞叹不已,伊玲的表情看起来更加傲慢起来。伊玲突然想到什么,问道:“怎么没见太恭实呢? 她没有来吗?”

“恭实? 大太阳? 她也来吗?”其中一个朋友抢着问道。

“已经邀请了,应该来吧。怎么看不到呢?”伊玲嘴里说着,心里却想:上学的时候恭实是大太阳,我是小太阳。每当听到这话都非常气愤,所以特地邀请她来参加婚礼,就是想看看她到底生活的怎么样。哼!

“对了,我听说恭实好像变得有些怪怪的。”不知是谁冒出了这样一句。

听到了这话,其他女孩子都围过来想听个究竟。

相反，在新郎的休息室里。身穿晚礼服的刘海城焦躁不安地站在那里，手里一直抚弄着手链。这时，有人敲门进来，原来是恭实。

刘海城看到恭实手中的盒子，激动地跑到恭实面前，愤怒地看着她，说道："你是谁？这个怎么会在你手里？是你一直在威胁我吗？美静呢？她也一起来了吗？她在哪儿？"刘海城激动地从恭实手里抢过盒子，追问道："用这东西威胁我，是想要钱是吗？行，不就是钱嘛，我给你！出来，让她出来！！！"刘海城极度气愤的狠狠地将盒子摔在地上，发了疯似的大喊道。

恭实看着刘海城的样子，替他感到焦急，说道："美静她……死了。"

刘海城仿佛被雷击般地愣在了那里，怎么也不相信这话是真的。

恭实接着说道："离开你的时候，她已经生病了，后来病重死了。可是你一直深深地误会她，我是来向你转达她的真实心意的。"

刘海城顿时如同受到沉重的打击一般定在那里，表情越来越凝重起来。

5

KINGDOM 婚礼礼堂的照相区域前,挤满了记者和数十台摄影机。太伊玲身穿婚纱,一边准备着登上舞台,一边焦急地等待着刘海城的出现。

这时,伊玲的经纪人急匆匆地跑过来,难为情地对着伊玲的耳朵小声说了什么,只见伊玲的脸霎时变得惨白。她强忍着涌出的泪水,咬着牙努力支撑着身子。

“会找到的,记者没有发现,离开始还有些时间。”伊玲的经纪人在一边竭尽全力地安慰着她。

伊玲为了不让泪水把化的妆弄花,拿起棉棒擦拭眼角部位,她的表情逐渐露出傲气和霸气,不断对自己说:“不能搞砸,决不能搞砸,绝对不可以!”

不过,刘海城真的失踪了,手机也关机。

KINGDOM 内部为了找他已经乱成一团。保安部为了避免骚乱,小心地寻找着每个化妆间和卫生间,还有走廊和阁楼都找遍了,就是没有刘海城的身影。检查停车场的李翰洙发现,刘海城的车也不见了,马上用对讲机报告了这一情况。

姜宇接到报告,为了确定刘海城离开的时间,马上确认起了监控。过了一会儿,接到报告的中元、石哲还有刘海城的经纪人都急匆匆地赶到了保安室。

“刘海城开车离开的是吗?新郎是不是逃婚了?估计是威胁他的人出现了。”

听了石哲的分析,刘海城的经纪人惊慌的否认道:“那个女的不会出现的。因为她已经死了……”经纪人发现自己说漏了嘴,马上捂住了嘴,惊恐地看着中元。

“我早就知道威胁他的人是你,既然为了留住刘海城搞了这个阴谋,那为什么没有看住他的人!如果你把结婚典礼搞砸了,我会让你知道什么才是可怕的威胁!”中元几乎怒吼着说道。

看着瑟瑟发抖的经纪人,石哲才有些缓过神来,说道:“威胁的人死了……那么新郎到底去哪儿了呢?”

中元的思绪开始混乱,不过他突然想到了一个人的名字,太恭实!

大树下,太恭实和美静双双坐在那里,看着刘海城的广告牌。

“或许是我转达错了……你自己在这里怀抱着回忆,看着他会是什么样的心情呢?”恭实感叹道。

美静凄凉地看着广告牌匾上的刘海城，眼前浮现出过去的往事……

在血气旺盛的年轻时期，刘海城跟人打架后鼻青脸肿地从警察局出来，美静迎上去，往刘海城的脖子上挂上新买的足球鞋，安慰道："还没有结束，你要继续踢球啊，我帮你赚钱买足球鞋。"说着开心地哈哈大笑起来。那双鞋是那个女孩子第一次送给刘海城的礼物。

在刘海城准备去往欧洲踢球之前，两个人在教堂举行订婚仪式。

"咱俩到此为止吧，结束了。"

"我没有办法继续伺候你了。你自己去欧洲吧。"

她无情地离开了海城，这也是她唯一能给他的最后的礼物。

后来她只能独自在病房里，面对着时间容器和留下的订婚照片，思念着……

虽然她已经离开了人世，可她还是坐在恭实的身边哭泣着……

恭实怜悯地看着美静，这时远处出现了身穿礼服的刘海城，他手里拿着时间容器，脚上穿着那双旧球鞋向着这边走来。原来刘海城也思念着美静，两眼忍不住热泪盈眶。他一步步向大树走去，本就哭红的眼睛里，还是有止不住的泪水。

美静感动地望着海城,轻轻地抚摸着他的脸……

“美静,我好想你……好想你……”刘海城哭着跪下,怀里紧紧地抱着时间容器。美静也蹲下来,抱着海城跟着哭起来。

看到这一幕,恭实心痛地忍不住转过身来,这时突然看见中元站在身后盯着她。恭实急忙抹了泪,避开了中元的视线,望向了天空。

KINGDOM 婚礼礼堂里,出现了刘海城的身影。跟之前完全不一样,现在他的脸上是轻松又坚毅的表情。围过来的记者争先恐后追问着“婚礼延迟举行吗?就这样推掉婚礼吗?之后有什么打算?”

面对各种问题,刘海城一言不发。这时,在走廊焦躁等待刘海城的经纪人,一声“海城”急忙迎上来,却被刘海城重重的一记勾拳打倒在地。他径直走向新娘休息室,“哐”的一声,关上了门。

休息室里,伊玲和海城面对面站着。

“我一直在等你,你现在说说看。”伊玲为了自尊心,强忍着愤怒说道。

“我知道说这样的话很抱歉,可我想继续踢足球。我心里的女人一直在为我加油。”海城肯定地回答道。

伊玲的手在颤抖,忍无可忍的她带着愤恨的表情,冲着海城的脸“啪”地一下扇了过去。

办公室里,中元带着悲催的表情和刘海城面对面坐着。搞砸了婚礼,不,应该是搞砸了重要的庆典活动的愤怒,让中元对着刘海城恶语相向:“凭你的年龄,还受过伤,想在大舞台上飞翔,也许不太可能。”

“以后你会为现在的这个决定而后悔,死去的人带来的浪漫或许给了你勇气,但不会给你实力。”面对中元的嘲讽,海城的脸慢慢开始变得僵硬起来。

可是中元依然觉得不够泄恨,继续讽刺他,说道:“我会欣赏着每次输球的你,也许以后看球赛会非常有趣。希望你这次也带着勇气努力踢吧。踢给我看!”

刘海城觉得没有必要继续听中元诅咒般的侮辱,起身走向门口。突然,他停下脚步,转过身对着中元意味深长地说了一句:“对了,太恭实小姐让我带话给你。”

太恭实的名字让中元更加气愤,就是因为她,所有的一切都是因为太恭实。中元紧紧握住双拳听着……

6

“我已经进入了朱中元社长的 KINGDOM 保安部，是的，我会继续观察！”

这是从 404 号房间传出来的声音，姜宇的眼神看起来异常冷淡。此人到底是什么身份，没有人知道。

恭实完成了清扫工作，走出总务室，迎面撞上了下楼的姜宇。恭实因为疲倦半眯着眼睛，用眼神示意打了个招呼后正要走开，姜宇突然开口道：“那个……你今天去 KINGDOM 了吗？”

“哦？！你怎么知道？”恭实睁大了眼睛。

“看见你了，其实我在那里工作。”

“啊！原来是这样啊。我也有在那里工作的朋友……”恭实重新半眯着眼睛说道。

“是谁？”姜宇追问道。

“就是……反正对我来说很特别的人。”恭实含糊地回答后，走向阁楼的房间。拖着疲惫的身子，躺在了阁楼的长凳子上，心想：今晚千万别再有谁来找我，真是疲劳的一天啊！能有个地方躲起来，好好睡上一觉该有多好。

这时,放了洗衣粉的洗衣桶里,肥皂泡沫在翻滚着。恭实身边的几个鬼魂故意把泡沫吹向恭实,一个个泡沫碰到了恭实的脸,伴随着"噗噗"的声响。

恭实在几乎半睡半醒的状态下,无力地挥动着手,说道:"走开啦,别过来……"

不知什么时候,阁楼里出现了中元的身影。中元正愤怒地盯着恭实,脑海里总是浮现刚才在办公室里刘海城跟自己说过的话:"太恭实让我转告你一声,死去的人虽然没有任何能力,但是还保留着心意,她说你身上也有那种心意。朱中元,你心里是否也有忘不了的故人呢?"

不知是她的话,还是不想回忆的某些记忆,中元想要忘掉却怎么也忘不了。到底这个女人有什么意图说出那样的话,今天一定要问个明白。

中元大步走到恭实跟前,喊道:"太恭实!"

恭实似梦非梦般没有一点反应。中元忍不住一把抓起恭实,晃着她的胳膊喊道:"你说,你说我身边有什么?你在我身边能看到什么?"

恭实实在是困得听不见中元在说什么,嘴里含糊地说着:"我好困……困死我了……我想睡觉……"

中元不甘地继续喊道:"你说啊,我身边究竟有什么?"

恭实实在是太困了,听不清楚他在讲什么,身子软绵绵的向前倒下去，一头靠在中元的肩上睡着了。中元抱着怀里的这个女孩儿不知所措地愣在那里。

就在这一瞬间，周边的鬼魂随着飘浮的泡沫一起消失在空中。洗衣桶里的泡沫随风飘了上来，围绕在中元和恭实周围转了转，也都飘向了天空不见了。

中元意识到了什么，托住恭实的脸庞，试着把她叫醒。恭实却把脸贴在中元宽厚结实的胸膛上，糊里糊涂地说道："就让我睡一会儿嘛……"

"你起来，睁开眼睛！"中元抓住恭实的脸试着使劲摇晃，却也无济于事。恭实依旧闭着眼睛，嘴里不停地反复嘟囔着："就让我跟你睡一会儿嘛……"

看着一头脏乱的头发和布满黑眼圈的脸的恭实，居然要跟自己睡觉?！中元更加觉得这个女人不正常，生气地说道："就你现在这副德行，还想赖着跟我睡觉吗?！"

"是的……一起睡吧……跟你在一起就能睡觉了。"恭实虽然处在半睡半醒的状态，回答的却一点都不乱。

中元用双手拇指和食指拨开恭实迷迷糊糊的眼睛，厉声喝道："你清醒点吧！"

被弄醒的恭实，摇晃着身子回过神来望着中元，心里不免有些惋惜。

"你以为又是摸我又是抱我的，我就能和你睡觉吗？还有,你什么时候洗的头？你要勾引男人至少先洗洗头吧!”中元嗅了嗅手指和自己的衣服,嫌弃地抖着手指埋怨道。

恭实抓了一缕自己的头发,用鼻子嗅了嗅,的确有些味道。不过,她实在是困得不行了,反倒觉得叫醒她的这个男人更加可恶,埋怨地说道:“哼！你又不是跟我睡觉,来这里做什么?!”

“我听说你挺了解我啊,都是从哪里听说的,还有关于那个女孩你都知道些什么?”中元虽然不愿再提,但还是想知道答案。

“你……曾经认识熙珠吗?”提到熙珠名字的时候,中元的嘴唇略微抖了一下。

“那个女孩子叫熙珠吗?”恭实反问道。

这个女人肯定知道些什么,她到底是谁？几岁了？跟太伊玲是同学的话,不可能是熙珠的朋友。那她怎么会认识熙珠？中元越想越乱。

这时,恭实继续说道:“我看见了,我看见她了。”

“什么？看来你还是不够清醒啊。那个女孩子……”中元激动地说道。

“她已经死了,是吗?”恭实打断了中元的话,就像是答对了竞赛问题一般,得意地看着他说道。

熙珠多年以前就死了,这个女人怎么会知道？中元的思绪更加混乱起来。

“我……前不久我看见她在你的身边。”恭实就像透漏国家机密般，用细微的声音，接着说道：“我……我可以看见死人。”

中元的表情开始慢慢地变化，是吃惊？害怕？神奇？生气？都不是！中元用警惕的眼神盯着恭实，不知如何相信她，脑子里更是一片混乱。

第二章

他的关于那个女孩子的故事

1

在吵闹的啤酒吧里，姜宇和李翰洙等KINGDOM保安部的几个职员在聚餐。喜欢胡闹的李翰洙搬出听来的消息，神气地说道：“听说主君的女人是鬼魂。”

“这可是我们KINGDOM里最有名的传言。我们社长主君身上背着死去初恋女友的诅咒，所以至今都结不成婚。”

“只要想结婚，那个女鬼就会出来阻拦，所以总是泡汤。”

“是鬼魂附体……”

李翰洙一开口，大家都忙着你一言我一语地议论起来。

“死了的女孩子是指很久以前关于朱中元被绑架案件中那个死去的女学生吗？”姜宇不以为然地提问，使大家更加肆无忌惮地议论起来。

“对呀，就是那个有名的案子。”

“我记得小时候在电视上报道过，说是那个富二代和他女友一起被绑架的‘100亿绑架案件’。”

“那个时候钱是给了，但是没抓到犯人吧？！”

“堪称是好莱坞影片啊。”

“当时的100亿，相当于现在的1000亿！拿到钱的那些家伙估计现在过得很潇洒吧。”

“不过，公司职员都叫朱中元社长为主君吗？”姜宇冷不丁地转移了话题，李翰洙听到马上回答道：“朱中元不是我们KINGDOM的王嘛，所以我们叫他主君。那个没有礼貌的暴君，现在当社长当得很潇洒，和他一起被绑架的女人呢，冤枉的死掉肯定成了冤鬼啊！主君～～，我好冤啊～～！据说这个女鬼游荡在KINGDOM里呢！”李翰洙学着鬼魂的可笑样子，引来了大家的哄堂大笑。还有一些职员说是晚上还要值班，叫他不要吓唬人。餐桌上的气氛显得热闹异常。

不过，姜宇的表情看起来却有些异常的沉着冷静。

在阁楼上，恭实和中元并肩站在那里，看着首尔市的夜景。

“我有一次差点死掉的经历，醒来之后我就开始看见死人了。”恭实先开口说道。

“所以，前几天你看见了15年前死去的熙珠，是吗？”中元还是不相信地问道。

恭实的确看见了。中元把转交给刘海城的纸条撕掉的那天，中元盯着蛛网上扑腾的蝴蝶发呆的时候，她明明看见那个女孩子在看着他。虽然是一瞬间的事，可恭实看得很清楚。

“虽然只是一瞬间，但是我的确看见那个女孩子了。”恭实回答道。

中元讽刺地接着问道：“你能看见鬼是吧，现在这里也有鬼吗？有几只啊？”

恭实指着阁楼一侧的摇椅说道：“那个椅子没有风却在那里晃动，对吧？那里就有一只。”

摇椅上，一个青少年鬼魂在低着头，做着各种不良手势，像是骑木马一般前后摇晃着椅子。当然，中元不会看到这些。

“那里有一只,是吗?”中元不相信地冷哼一声。

恭实不知道怎么跟他解释才好。有的时候鬼在追她,有的时候在路上偶然碰见,想避开却怎么也躲不开……有的鬼是想跟自己说说话,有的鬼还想让自己帮忙,所以每天觉都睡不好。因为害怕不想看也不想听,却怎么也办不到……可这一切都是真的呀!

那个青少年鬼魂慢慢地起身向恭实走来。鬼魂走到恭实跟前,恭实急忙把身子藏在中元的背后,因为害怕,双手不由自主地抓住了中元的胳膊。就在这一瞬间,青少年鬼魂突然消失了。

“哦?! 消失了!”恭实惊奇地看着中元,又自言自语地说道。

真的好神奇,只要抓住这个男人,就看不见鬼也听不到鬼声。这种人对她来说真的是很特别,这个男人对她来讲意味着什么呢? 只要他在自己身边,自己就可以睡好觉,就会跟正常人一样生活。想着想着,恭实情不自禁地哀求道:“我想待在你身边。”

“就那么想在我的身边? 那还不如说这栋楼是你的,这样的话我会多瞧你一眼,因为这里的地皮很贵。”中元无情地把恭实的手甩开,冷冷地说道。

“我真的好害怕! 你是看不到听不到,所以是不会知道的。”恭实苦苦哀求，哽咽着说道。

“我对看不见听不到的东西一点都不怕，看得见听得到的你才更可怕！”中元说着，大步走到那个摇椅跟前，狠狠地踢了一脚椅子。摇椅更加大幅度地摇晃起来，中元接着说道：“因为椅子晃动，所以害怕是吗？怎么样，我这样更害怕吗？”

面对中元的不相信，恭实感到有些灰心。

“你要是再敢耍我，到时会让你怕得要死，听清楚了吗？”中元恶狠狠地说道。

中元的话音刚落，摇动的椅子突然停住。中元惊讶地看着椅子。

那个青少年鬼魂带着愤怒的表情，用手紧紧地抓住椅子。当然，只有恭实才能看到这些。恭实不甘心地说道：“不管你怎么对我做出可怕的事情，总比我能看到的可怕的东西要好。我还是逃到你身边去好了。”说着，走到中元跟前，身体往中元身上靠了靠。

中元躲着身子说道：“又不是因为我钱多，也不是因为我长得很帅，是因为害怕鬼，才要粘上我是吗？还真是很新奇的勾引啊！”

“是恳切的哀求。我这样真的很孤独和伤心！”恭实又一次哽咽着说道。

“我说,太恭实。那个有名的Candy去投怀送抱的时候,即使是孤独和伤心也会先把头发梳得整齐后去投怀送抱的。洗洗有味儿的头发,清醒一点吧!”中元指着恭实的头发,讽刺地说道。

恭实想:原来他把自己当做在勾引有钱人的穷女人,那又怎样?只要在他身边,别说是变成可爱的Candy,就是变成棒棒糖也愿意。

“我愿意做你的Candy!”说着,恭实把自己的头发分开抓住,做出可爱的表情望着中元。

“你以为当Candy就能勾引我吗?好,你就好好地去勾引你的鬼魂朋友们吧,你这个头发有味儿的阴险的Candy小姐!”中元嘲笑地说道。

“是太小姐,我叫太恭实。我是太阳,嗯哼哼~!”

“如果你是太阳的话,我再也不想迎接早晨了。”中元说完,转身下了阁楼。恭实站在那里,看着中元的背影。

中元急匆匆下了楼,在楼下等待他的奎道急忙打开了车门。中元刚要上车,好像忘记了什么似的,抬头望了一眼阁楼。奎道也跟着望向阁楼方向,看见恭实带着阴沉的表情,探着头望着中元。中元不耐烦地回头对奎道说道:“来了不该来的地方,走吧。”

中元和奎道上了车。

这时,参加完聚餐回来的姜宇看到了中元的车子,心想:“他们怎么会到这里?”

姜宇疑惑地望向阁楼,看到了注视着中元车子方向的恭实。难道是来见太恭实?为了什么呢?姜宇一时无法理解。

恭实望着中元的车子慢慢地消失在胡同里,心想:“他肯定认为我是个疯子,可我的确看见了叫熙珠的女孩子……”想到没有人会相信自己,恭实顿时又感到伤心,无奈地长长地叹了一口气。

中元的家,依然显得空旷无比。

中元可能是因为知道恭实能看见鬼,心里总有些闷得慌,赶紧去厨房倒了一杯水。当他走到客厅时,突然发现窗帘细微地晃动了一下。中元想起“鬼就在那里”的恭实的话,不由得顿了顿,轻轻地走到窗户旁,“唰”一声用力拨开了窗帘。

什么也没有。只不过是窗户略微打开了一些罢了。虽然是一瞬间,但是差点相信了那个叫什么太阳的疯女人的话,中元“哼”了一声,关上了窗户。面对着窗户上映射出的自己的样子,中元喃喃自语道:“如果真有的话,我还真想见一见,车熙珠。”

中元带着冷酷的表情,转身走向卧室。

暗淡的天空上,一轮弯月升起,月光阴森森地照进中元的房间。

2

"分身笔神,分身笔神,赶紧来吧!"

在昏暗的教室中间,有两名女学生对握着圆珠笔,在桌面的白纸上画着圆圈和交叉十字。握住笔的女生嘴里不停地念着分身咒语,召唤着前几天死去的朋友银雪的名字。大家都屏住呼吸,望着这边。

"分身笔神,分身笔神,您来了吗?"

握住的笔轻微地抖动了一下,慢慢移向画有圆圈的方向。同学们都好奇地凝视着。

"你……是李银雪吗?"握住笔的女生慢慢开了口。

握住的笔又向圆圈方向动了动,这次大家"啊!"的一声,尖叫了起来。

"你是怎么死的? 害你的人……现在在这里吗?"那个女生继续说道。

大家都瞪大眼睛,屏住了呼吸。

"说说看……在这里对吗?"

笔更加激烈地抖动了起来,握住笔的女生更加尖锐地大声喊道:"我问你,害你的人现在在这里吗?!"

一股无形的力量把圆珠笔带向圆圈后,"嗖"地一下,指向了不远处的佳英、珠娴和薇珍。佳英她们极度恐慌地瞪着眼睛,愣在那里害怕地哆嗦着。

这时,"哐"的一声,教室门被打开,同学们更是"啊!"地尖叫起来,教室里顿时乱成一团。

"你们在做什么?都回到自己的座位上去。"

原来是值班老师进来了。大家这才安心地舒了一口气,回到了座位。看着值班老师走了,握住笔的女生略显可惜地看着佳英她们,嘴里嘟囔着:"差一点就知道李银雪是谁害死的……真有点可惜!"

"会不会是死去的银雪真的来了?"

珠娴和薇珍害怕地问佳英,佳英壮着胆子警告那个握笔的女生说道:"不要拿死去的银雪胡闹。"

这时,"嘀铃铃"的声响,佳英她们三个人的手机同时收到了短信提示。打开手机一看,吓得三个人同时"啊"的一声把手机扔在了地上。三个人的脸看上去惊恐万分,害怕得在那里瑟瑟发抖,都不敢去捡地上的手机。

掉在地上的手机收到的是三个人前几天去游玩时在喷

水池前照的照片，来电显示居然是银雪的手机发来的。照片背景后的喷水池上，赫然出现了银雪鬼魂般的影子。三楼的窗户外，出现了银雪的鬼影，她静静地注视着教室……

“你是说拍照的地方就是我们KINGDOM的喷水池是吗？”

在KINGDOM大厅前，石哲拿着平板电脑上的照片对照着喷水池问珍珠。

“是的，听说这张照片已经在网上传开了。”珍珠回答道。

KINGDOM喷水池前面，已经有不少人在谈论着鬼魂、灵异照片等话题。

“这会不会是拍错了？要是相机晃动的话，照片就会模糊不是吗？”石哲再一次用怀疑的口吻说道。

“其他的孩子都很清晰，还有这个孩子站的地方是不是很奇怪？请看一下，也就是说站在这里拍的。”珍珠亲自走到喷水池前方，手指着位置说明着。

拍到的位置的确有点奇怪，不会是在水里拍的，另外高度也不符合，真有点搞不懂。如果是那样的话，难道真的有鬼吗？石哲的表情顿时严肃起来。

办公室里，中元看着打印出来的灵异照片。他突然把照片摔在桌上，冲着石哲喊道："什么灵异照片，这像话吗？"

"我亲自做过实验，如果不是真的有鬼，还真的很难拍成这样。"石哲肯定地回答道。

"那就是合成的！太伊玲的婚礼搞砸了，KINGDOM 的形象本就受到影响，现在又出来这种东西。副社长，你是怎么管理的？"中元不客气地问道。

"我已经要求把网上所有的照片都撤掉，但不管怎么样，因为灵异照片事件，KINGDOM 已经成为网络搜索第一位了。KINGDOM 灵异照片、KINGDOM 有鬼，员工们都在热切地讨论着，说什么有鬼的话就会大发！哈哈！"石哲大笑着回答。

作为副社长，面对鬼魂骚动事件居然还能笑出声来，中元强忍着怒火反问道："有趣是吧？在这种情况下，还很开心是吗？"

"虽然有点害怕，不过确实有些神奇……"石哲看见中元严肃的表情，马上收住了笑容。

中元站起身，走到窗前，指着前方严厉地说道："现在是谈论鬼魂的时候吗？摆在我们眼前的是比 KINGDOM 大 1.5 倍的 GIANT 卖场正在一步一步往上加高，再过两个月就要开业了。比鬼还要可怕的巨人正在长高!”

从窗户用望远镜望向前方的施工现场,石哲感叹地回答:“建得还真快啊!”

也不知是真的没有眼力见儿,还是没有想法,中元不客气地当面反驳道:“如果不想两个月后哭的话,就给我打起精神来。告诉员工们,不要被鬼迷惑,还是迷惑客人吧。让客人打开钱包狠狠地花钱,狠狠地!”

石哲像是明白了一般,皱着眉回答道:“是,是!”

KINGDOM 咖啡厅里,身穿制服的女职员在整理桌子。她的胸卡上写着“经理太恭丽”五个字。她很有礼貌地向走进来的每位客人打着招呼。忽然,太恭实出现在她的面前,喊道:“姐姐!”

原来是恭实的姐姐,她叫太恭丽。自从父母去世后,为了照料妹妹至今都还没有结婚。对于恭实来说,她也是唯一的亲人和坚实的后盾。看见妹妹,恭丽有些惊讶地问道:“你白天不睡觉,怎么来这里啊?”

“你不会是又被奇怪的东西追到这里来做些奇怪的事情吧?!”

“不是,姐姐,我要在这里工作。”恭实有些得意地说着,从口袋里拿出传单给恭丽,得意地笑了一下。传单上写着钟点工招聘的信息和广告。看样子恭实真的是找到工作了。

恭丽拿着两杯咖啡,坐在恭实的对面,用叮嘱的口吻说道:“恭实,我来这里做经理没几天,要是你在这里被警察抓走,或被救护车拉走的话,我就不能在这里做事了。”

“姐姐,我在这里不会有事的。这里有特殊的东西,有个可以躲避的地方,嗯哼哼~!”恭实开心地喝了一口咖啡回答道。

“可是你为什么要喝两杯咖啡呢?是不是白天不睡怕困,对不对?”恭丽有些奇怪地问道。

“不是,有个人说想喝咖啡,一直跟着我,所以也帮他叫了一杯。”恭实把另一杯咖啡往边上挪了挪,“嗯哼哼~!”地傻笑了一下。

恭实的身边坐着那个青少年鬼魂,正在闻着咖啡的香气。

看着恭实的样子,恭丽的表情又凝重起来,真担心恭实能不能做好工作。

“姐姐,我走了!”

恭实拿起咖啡起身要走,恭丽急忙想拽住恭实,喊道:“喂!喂!恭实!”

可恭实不吭一声,走掉了。

看着空位上的咖啡,恭丽不知如何是好,左右为难。

这时,保安部的李翰洙和另一名保安走进咖啡厅,对着手机上的灵异照片大谈阔论起来。

“或许传言中的 KINGDOM 鬼魂被拍到了?”李翰洙推理地说道。

另一名保安接口说道:“不会吧?! 我有个哥们在电视台……给他提供线索,或许还有奖品什么的……”

“那是我的,我的你知道吗? 这女鬼是我指定的,听明白了吗?”李翰洙正色地说道。

3

在副总办公室里,程兰问石哲:“什么? 你说传闻照片里的鬼是谁?”

“有传闻说,是以前因为朱社长而死去的女人。”石哲轻率地回答道。

“那还像话吗? 谁这么说的?”程兰顿时发起怒火,把咖啡重重地放在桌上喊道。吓得石哲连忙摇着双手解释说道:“不是我,是员工们之间这样传的。由于朱社长以前的事件非常有名,所以朱社长的身边一直跟着那个女鬼的这种说法以前就有的。你不也担心来着吗？说不定是那个女鬼附身了……”

程兰拿起照片，仔细观察着照片中的女鬼，喃喃地说道：“她都死了多少年了，好像是长头发来着，她死去的时候好像也是这个年龄，就是想不起来她长什么样子……”

“像你这样的年纪，记忆力也该下降了。”石哲嘿嘿笑着，看见程兰瞪着眼睛，石哲急忙夺过照片，马上又改口说道：“像您这样清纯的人不能看这样可怕的东西，看了晚上会做噩梦的，别看了。”

面对石哲的撒娇，程兰的气顿时消去了一半。不过，程兰还是很担心中元的样子说道：“别让中元听到这样的东西，你多费点心处理好吧。”

“那是当然，虽然他没有叫我一声姑父，但还是要关心侄子嘛。”石哲虽然心里不服，但还是违心地答道。

喷水池跟前一直有不少人在议论灵异照片的事情，其中有一对恋人正在对着喷水池拍着照，不停地说想试试到底有没有鬼。

这时，路过的中元和奎道停下了脚步，中元不耐烦地问道：“那个灵异照片还在传吗？”

“好像是副社长要解决的，不过像这种传闻是不会轻易消失的。而且又出现了更不像话的传闻……”奎道看着中元的脸色,有些支吾起来。

“更不像话的传闻,又是什么?”

“那是……”奎道正在迟疑的时候,“扑通”一声,刚才在喷水池前面拍照的恋人,突然掉进了水里,之后便传来那个女孩子的埋怨声。女孩子从水里站起来,看着湿透的衣服,生气地说道:“早知道就不该来这鬼喷水池了……”

听到鬼喷水池,中元顿时发起怒来,围着喷水池走着,冲着奎道问道:“鬼喷水池?这是多么昂贵的喷水池啊,聚财的女神就站了三位,难道是女神被鬼魂排挤了吗?”

“比起美丽的女神,还不如女鬼更刺激。美丽的女神可以让人放松心情,而女鬼可以让人紧张,它有着让人一刻也不能移开眼睛,甚至连脚步都不能挪开的魅力,所以人们就被它所迷惑了。”奎道跟着中元,绕着喷水池一边走,一边安慰道。

奎道的话音刚落,绕着喷水池走着的中元突然停下了脚步。原来中元看到了在喷水池周边打扫卫生的太恭实。恭实也看到了中元,冲着他嘻嘻笑了一下。又在要什么花样?中元简直要疯掉了,自言自语地说道:“真的是让人刺激又可怕。”

中元走到恭实跟前问道:“你在这里干吗?为什么来

这里?”

“我在这里清扫啊,我找到工作了。”恭实很从容地把自己的胸卡往中元面前亮了亮,回答道。

“清扫的地方那么多,为什么偏偏来这里?”

“因为这里有你啊,嗯哼哼~!”恭实害羞地扭着身子,红着脸低头把玩着手中的拖布杆,回答道。

中元看着恭实的样子简直要疯掉,不,准确地说应该是崩溃。

“你倒是挺专业的,本来嘛,勾引男人的第一步应该是从能见到他的地方开始,以工作为借口,慢慢接近,然后可以一起吃饭,是这样的吗?”

中元讽刺的话语使恭实一时感到有些遗憾,认真地回答道:“我知道你不相信我说的话,但是你知道我接近你,不是这个原因啊!”

“啊!你说是因为鬼吧?!听说这里也有鬼,你是来见朋友的吗?”中元手指着喷水池,冷冷地说道。

恭实顺着中元指的方向,仔细地左右看了看,很认真地回答道:“这里没有啊!要是有的话,我早就抓住你了。”

“没有?真的?你确定没有吗?”中元不相信地反复问道。

恭实又看了看,肯定地点了点头,回答道:“谁说这里有鬼啊？骗人的吧，这里没有啊?!”

“我就说嘛，什么鬼喷水池，这个喷水池那么贵，怎么可能有鬼。”中元露出庆幸的神情，欣慰地看着喷水池说道。

恭实看着中元的表情，也感到很欣慰。不过，他现在真的相信自己的话了吗？可是他的表情……证明是相信了我说的话啊。恭实还是怀疑地问道：“那个……社长你现在相信我说的话了对吗?”

中元马上改口，指着恭实说道：“信什么啊？世上本来就没有鬼，这是理所当然的，不是相信你说的话，是本来就没有鬼。还有你，别在这里清扫了。”

“为什么呀?”恭实委屈地问道。

“你试图在勾引我，我把你赶走也是理所当然的。赶紧滚，太阳!”中元用食指顶了一下恭实的额头，转身走开了。恭实用恳切的眼神看着中元的背影，双手紧紧握住了拖布杆。

这时，石哲和珍珠慌张地跑过来，气喘吁吁地说道：“朱社长，不好了，出事了!”面对石哲的表情，中元顿时紧张了起来。

4

中元的办公室里，中元、奎道、石哲还有珍珠都在。

石哲开口说道：“我不知道电视台什么时候拍摄的有关灵异照片的事件，反正今天会通过电视节目播出。”石哲说完，像害怕被中元抓住什么把柄一般，坐立不安地瞄着中元的脸色。

“小孩子恶作剧合成的照片，怎么会在电视里播放呢？”中元生气地冲着石哲喊道。

“那个……因为传闻越传越离谱，把事情搞大了。好像把有关你过去的传言也混到一起了。”听到石哲的话，中元的脸色有些僵硬起来。

奎道有些担心地拿起遥控器，打开了电视机。正好播放着“故事 Z”的实时栏目，伴随着灵异照片的画面，是主持人的解说：“最近网上疯传着这样一张照片，照片里欢笑的女学生后面，有一张模糊不清的女人的脸。”

画面里出现了那张灵异照片，标注圆点停留在 KINGDOM 喷水池上鬼魂的脸上。主持人的解说还在继续：“拍摄到灵异物体的照片，我们称之为灵异照片。那么，这张照片里模糊不清的女人到底是谁呢？在跟踪调查这张照片里的疑团的过程中，我们发现这张照片里的场所和当年一场非常骇人的事件有关。”

中元的表情开始有些不快。画面里浮现出15年前的新闻资料和印有“富豪的绑架事件！”、“100亿身价赎金”、“富豪的儿子和女朋友双双被绑！”等报纸的头条字样。中元的脸色变得苍白，紧握的双拳开始抖动起来，眼睛却盯着电视画面一刻也没有离开。画面里出现了当时的事故现场和被马赛克处理过的学生时期自己的照片。接着又响起主持人的解说：“大家还记得15年前成为焦点的‘100亿绑架案件’吗？朱姓富豪的一个儿子和女朋友一同被绑架，在和要求100亿赎金的犯人周旋中，那名车氏女学生不幸丧生。当时和女学生一同被绑架的富豪儿子朱某就是这次拍摄到灵异照片的KONGDOM购物中心的代表理事。”

学生时期中元的照片和现在朱中元的照片被马赛克处理后，映现在电视机画面上。中元的脸积满愤怒，完全僵硬在那里。主持人的解说并没有结束：“很久以前，那里就有非常诡异的传闻……”

KINGDOM购物中心的家电中心前李翰洙和其他保安以及很多客人都围在电视机的画面前在观看着“故事Z”的

节目。画面里出现了一个被采访者的背影和采访过程。显然声音被变音处理过,不过还是能看出来,他就是保安部的李翰洙。

“社长从前女朋友死后变成女鬼,经常出现在我们这里,这是大家众所周知的事情。所以晚上巡逻的时候,感觉有点毛骨悚然……”

李翰洙生怕有人认出自己,偷偷地往后退了出来。就在这时,刚好和一个人撞了一下。原来是恭实。恭实没有在意李翰洙,眼睛只盯着画面上的女鬼的脸在发呆。

“游荡在购物中心的死去的、朱氏社长的初恋女友车某会是灵异照片中的女鬼吗？制作团队找到了当时负责案件的警官……”主持人解说道。

恭实歪着脑袋,自言自语地说道:“我看到的女孩子,不是她呀?!”

“那个案件的公诉时效快到期了,犯人也没有抓到,案件已经要结案了。死去的被害者确实挺冤枉的。”画面里的警官说道。

同样的画面,KINGDOM 保安部监控室里也在播放着,职员们都在纷纷议论关注着这个案件。姜宇看着负责案件的警官的画面,静静地走出了保安部,脸上的表情有些异常。

中元的办公室里,电视机节目还没有结束:“这个照片里的女人到底是谁呢?是死去的车氏灵魂吗?还是有人恶作剧合成的照片呢?我们不得而知。但是有一点可以肯定,这里有个在花样年华无辜死去的女学生的冤魂。”

中元愤怒地拿起遥控器关掉了电视机,踢门而出,奎道马上紧随其后。他好像要急匆匆地赶去哪里,正好和清扫中的恭实碰上了。中元不想理她,恭实却对中元说道:“不是她!”

中元下意识地停住了脚步,看着恭实。

“那个照片里的女孩子,不是在你身边的车熙珠,好像哪里搞错了,是吧?”恭实继续说道。

中元这时候什么也不想听,就连熙珠的名字都不想听到。因为想忘记的东西刚才一幕幕都呈现在眼前,他感到很不爽,瞪着恭实杀气腾腾地大声喊道:“你给我闭嘴!让开!”

中元用力把恭实推向一边。

恭实还是觉得不对,明明不是车熙珠啊!那么照片里的女鬼到底会是谁呢?恭实焦急地望着中元离去的方向,发着愣。

不远处的姜宇在默默地注视着这一切。

警察局门口,中元和电视机里出现的警官对望着。

中元埋怨地说道:"你想干什么?为什么要参与到那种荒唐的事情之中,还接受采访呢?"

"这个案件的公诉时效马上就要结束了,在那之前要是变成话题的话,说不定会冒出来一些蛛丝马迹。"那个警官回答道。

"你以为拿鬼故事吓人,犯人就会害怕从而来自首吗?"中元觉得可笑至极。

"犯人要是看到了,自然会有罪责感。车熙珠怎么也是因为你才被害死,你就不觉得对不起她吗?听说你是KINGDOM的社长,好像过得挺好的,你是不是不该忘了那个女孩子呢?"面对警官咄咄逼人的质问,中元不屑地说道:"看来你是因为我吃得好过得好才讨厌我的吗?忘记一切,活着的人总是要活的!我可没有忘记15年前你对我说过的这句话,我只是活得好好的罢了。"

听着中元的反驳,警官若无其事地回答道:"是那样吗?总之我是绝对不会放弃这个案件的。"

"那样的话,我丢失的钱也一并找回来吧。"中元下结论般回答道。然而就要转身离开时,警官突然说道:"是真的没事了吗?”

中元顿时停下脚步,转过身。

警官手里举起报纸,继续说道:“你案发后有过阅读障碍吧?! 现在能读了吗?”

“好……多了!”中元顿了顿,假装自信地回答道。

“看来你也不是全都忘记,过得不怎么好。”

警官好像察觉到了什么似的,说完拍拍中元的肩膀,转身走回警察局。

中元想到最后还是被他看穿了,心里很不是滋味,脸也僵硬起来。

在废弃的仓库前,中元的车缓缓地开了进来。走下车子,中元用无比悔恨的眼神环顾了四周好一会儿,才迈着艰难的步伐走进仓库。从入口到最深处,带着回忆,中元注视着每一个角落。一点都没有变,还是15年前的样子。

中元之所以重新回到这里,是因为案件的公诉时效没剩多少时间了。

“当初真的一点都没有看到犯人的脸吗?”奎道问道。

中元没有回答,当初的一幕幕又浮现在眼前。自己被绑在椅子上,在晃动的灯光下,有个人影在向自己靠近,模模糊糊的影子越来越近,是一个很熟悉的身影,长长的头发,清秀的脸庞,还有那熟悉的声音……轻轻地走向自己,绞尽脑汁想确认她到底是谁？可又被愤怒的情绪充满了大脑……

5

不知什么时候，天已经黑了。

考试院的阁楼上，恭实正在陪着承穆和承俊一起吃饭。恭实出神地望着手中打印出来的灵异照片，喃喃自语道："她会是谁呢？"

"不说是鬼吗？"承穆天真地回答道。

"会不会也是死人？"恭实自问道。

"听说姐姐能看见那种人，那姐姐去找找不就行了吗？"

面对承穆像个大人似的回答，恭实的眼睛一亮，说道："对呀！好想法，如果能找到的话就是帮了他，帮了他说不定就会让我待在他身边，是吧？！承穆，妈妈今天也不回来吗？"恭实兴奋之余又看到这两个小家伙，担心地问道。

"是，要挣钱看来是挺忙的。"承穆回答道。

"是啊，多吃点吧，要是困了就在这里睡吧！"说完，恭实像是想到什么似的急忙走出房间。看着出去的恭实，承俊疑惑地望着承穆。

承穆一边喂着弟弟，一边叮嘱着说道："虽然姐姐有点奇怪，但是要装作相信她，那样才能吃到饭，快点吃吧。"

承俊好像听懂了似的，点了点头。

过了营业时间的KINGDOM购物中心一片黑暗。

恭实身穿工作服，手里紧紧握着灵异照片，四处寻找着鬼魂可以藏身的地方。因为白天清扫的时候，她就看见了几只鬼。恭实有些害怕，但是为了留在他的身边，豁出去了。

恭实小心翼翼地走进卫生间，轻轻地推开写有"故障"二字的那扇门，里面的马桶上坐着一个鬼阿姨。恭实拿出照片仔细对比，发现不是，怕她追过来便轻轻地把门关上。

这时，在漆黑的走廊里，恭实看到了一个长头发的鬼魂。会不会是她？恭实追过去喊道："等等~！"

突然"嗖"一下，鬼魂转过身来，着实吓了恭实一大跳。定下神来仔细一看，原来是长头发的男鬼魂。唉！又不是。

这一次发现在自动售货机跟前坐着一个鬼，"当当"地敲着垃圾桶盖子。恭实鼓起勇气走过去，把照片伸向鬼魂问道："仔细瞧瞧，没看见喷水池附近有个这样的女孩子吗？"

鬼魂不耐烦地瞪着恭实，更加狠狠地敲着垃圾桶，"咣当”一声，垃圾桶盖子飞向一边，吓得恭实“妈呀”一声，跑开了。

恭实坐在了长凳上，喘着气想要休息一会儿。想到找了半天也没有找到那个女生，恭实感到有些泄气。想想也是，那些鬼魂平时撵都撵不走，就算问了又能告诉自己什么呢？这时，有一只手搭在了她的肩膀上，恭实用力甩开那只手，一边抬头气愤地说道：“连搭理都不搭理，为什么还总来烦我？”

“咦？！原来是你！”404 号房的那个姜宇。

“原来是人啊！对了，你说过在这里工作来的。”恭实想起来，笑着说道。

“你在这里做什么？我在保安监控室发现你一直在周边转悠……”姜宇好奇地问道。

“哦！我在这里负责清扫，几天前开始在这儿工作的。白天清扫的时候我丢了样东西，现在回来找那个东西呢……嗯哼哼～”恭实傻笑着握了握手中的照片，急忙把照片向身后藏，却没能逃过姜宇的眼睛。

“我陪你一起去吧。”姜宇很礼貌地说道。

“没关系。”

恭实虽然不想拒绝亲切的姜宇，可在这个节骨眼上，的确有些不方便。

“这么暗自己走不觉得害怕吗？最近也有鬼魂出没的传闻，一起找吧。”姜宇主动打开手电，亲切地说道。

恭实觉得也没什么借口可以拒绝，只好硬着头皮跟在姜宇身后。

姜宇打着手电陪着恭实，认真地搜寻着大楼里的每个角落。恭实虽然有些不好意思，但想到眼前最要紧的是赶紧找到那个女鬼，也没有在意。

姜宇找了半天，实在忍不住问道：“你找的东西究竟是什么？”

说是在找鬼，他会相信吗？根本不可能的。恭实难为情地回答道：“那个……是你看不见的东西。”

“我的视力很好的。”姜宇很骄傲地说道。

如果视力好的人就可以看见的话，自己的视力岂不是好得出奇?！恭实感到好笑，傻笑道：“视力再好，你也看不见的。”

“我叫……姜宇，姜－宇！”姜宇停下脚步，突然一字一句地说道。

“我叫太恭实，太－恭－实！嗯哼哼～！”恭实也学着姜宇的语气，傻笑道。

这时，黑暗中好像有个东西“嗖”的一声穿过，仔细一看是垃圾桶的盖子在来回晃动着。恭实感到害怕,缩了缩身子。姜宇微微一笑,伸出了胳膊,示意如果害怕的话可以抓住自己的样子。恭实抓住姜宇的胳膊,瞬间在想:“这个人好亲切啊!”不过,恭实马上又恢复了惊恐的状态。

恭实抓着姜宇的胳膊没有松开,两个人继续走向楼梯。

与此同时,在喷水池的前面站着佳英她们,看上去很紧张的样子。

“银雪……我们来见你了。”佳英强忍着恐惧,鼓起勇气继续说道。

“我们有话要对你讲,你真的在吗?”

这时,刚好下楼的姜宇和恭实远远地看见了她们。

“咦!她们四个在那里做什么?”恭实指着她们,奇怪地问道。

“明明是三个人嘛!”姜宇更正道。

三个?恭实突然睁大了眼睛,她看到的分明是四个呀!恭实这才发现三个女孩子身后,赫然站着一个女鬼。就是她!恭实松开抓住姜宇的手,飞奔过去。

“喂!同学,你们在那里干什么?”

听到姜宇的叫喊声,三个女孩子一溜烟跑掉了。姜宇本能地追向她们,只留下恭实一个人静静地站在喷水池前面。

“原来……是你吗？”恭实胆怯地向背对着自己的那个女鬼，问道。

正望着佳英她们的女鬼，听见恭实的声音“咻”地转过头来。没错！就是那个灵异照片里的女孩子。

姜宇紧追佳英她们到门口，停下了脚步。看来是让她们跑掉了，不过这么晚她们为什么到这里来呢？她们到底看到了什么？姜宇的思绪开始多了起来。

这时仍然躲在柱子后面的佳英她们，屏住呼吸注视着姜宇。看见姜宇走开了，这才都松了一口气。突然，不知何时出现在她们面前的恭实，手中举着灵异照片问道：“这照片里的，是你们吧？！”

佳英她们看了恭实的手里的照片，吓得僵在那里，一动不动。

6

KINGDOM 的 VIP 停车场一角，恭实好像在焦急地等待着谁。中元的车子一开进来，恭实就迫不及待地跑过去挡在了车前。中元瞟了一眼恭实，皱着眉头下了车，走到恭实跟前，不耐烦地喝道："又干什么？早上睁开眼睛本就不想看到太阳，刚一上班就要面对你这太阳的脸吗？我不是说过让你辞掉这里的工作吗？"

"我查到了，知道照片里的人是谁了！"恭实兴奋地说道。

中元装作漠不关心的样子，但还是有些忍不住好奇。旁边的奎道瞧出中元的心思，抢先问道："她是谁呀？"

"如果我告诉你的话，你会答应让我继续在这里工作吗？"恭实神气地撇着嘴，望着中元提出交换条件。

"要是错的话，你会去打扫拘留所的地面。"中元不甘示弱地回答。

恭实很自信的连连点头。

学校的教师办公室里，佳英、珠娴和薇珍她们三个坐在那里，旁边坐着中元和恭实。中元一直瞪着她们，而佳英她们三个则深低着头，不敢抬头看。老师手里拿着灵异照片，不可理喻地看着她们，叹了口气，问道："银雪不是你们的好朋友吗？为什么要搞出这样的恶作剧？"

"不是我们干的，是我们自己拍的照片上出现了银雪而已。"

“还有,这张照片是死去的银雪用手机发给我们的,是为了折磨我们。”佳英她们委屈地抽泣着辩解道。

恭实倒是觉得她们有些可怜,不过一边的中元可不这么想,冷冷地分析道:“不要尽说些根本就不存在的鬼故事,把你们的所作所为都给我交代清楚了,是不是她活着的时候你们就经常欺负她,就算她死了也还是要欺负她,所以才搞出这种东西是吗?”

“我们没有欺负过她,反而是我们一直在照顾她。每次都是她毁了我们的好事,让我们痛苦的是银雪。”

“是啊!又笨又傻的什么也做不好,每次都拖我们组的后腿。每次都吃我们的东西,自己只是用几瓶饮料来应付我们,就算那样我们也忍了。”

“她就是一个民害、臭虫。”佳英她们不甘心地继续辩解道。

“就因为托你们的后腿,所以才把像民害、臭虫一般的她害死后再把她伪装成鬼吗?”中元更加严厉地追问道。

“不是我们害死她的,那一天就是因为李银雪才毁了我们组的授课评价,大家都很烦她。”

佳英指着照片,接着说道:“那一天我们决定不带她,自己去玩儿。结果她还是自己没眼力见儿地找到那儿去的。”

在中元的猛烈追问下,佳英她们把之前不敢说出来的和银雪相关的事件一个一个都吐露了出来。

有一次制作课上，银雪不小心把刚做好的蛋糕掉在了地上。因此她们组的最终授课评价很低，像这样的事情也不是一次两次了。

还有一次，在学校的休息室里，佳英她们几个刚要吃买来的披萨和汉堡等食物时，银雪厚脸皮的拿着几瓶饮料，又过来蹭吃。不过，她每次买饮料都是按着几个人的口味不同，苹果、橙子、菠萝分得很清楚，真拿她没办法。

那是一个月之前的事情，佳英她们没带银雪跑到KINGDOM来玩，没想到银雪还是找到了她们。但是，佳英她们不想让她跟着，想甩开她开开心心地玩一把，所以她们几乎挖苦般羞辱了她一顿。轰走银雪后，佳英她们还开心地在喷水池那里拍照留念了，还发到微博里故意把名称标注为最佳三人组合。

佳英她们说着拿出了自己手机里当天实际拍摄的照片。中元和恭实仔细地对比了灵异照片和手机中的照片，发现的确有所差异。

佳英她们仍旧不停地抽泣着，眼睛都哭得肿了起来，哽咽着说道："就在那天，银雪在回家的路上出了交通事故死了。或许是银雪为了诅咒我们，才把这种照片发给了我们……"

“不是银雪,诅咒你们的不是银雪。”恭实在一旁安慰着说道。中元感到疑惑,惊讶地望着恭实,心想:“她又在搞什么?”

恭实带着佳英她们来到教室,中元没有进去,而是站在门口看着恭实,想看看她究竟要搞出什么花样。

恭实走到一个女生面前,伸出手,断然地问道:“银雪的手机是不是你拿着呢?”

那个女生听了恭实的话后明显身子一颤,缩着身子低着头,没有回答。

“那天银雪出交通事故的时候,不是你捡到了她的手机吗? 手机还在你这里吗?”恭实又问道。

那个女生看了一会儿恭实坚毅的表情,无可奈何地转身从书包里拿出手机,像扔东西一般放在了恭实的手里。看到手机,佳英她们气愤地大叫起来:“原来是你? 是你搞的鬼吗? 你怎么可以这样? 你知道我们有多害怕吗?!”

“不错,我就是想让你们害怕,所以那么做了。怎么样?”那个女生瞪大着眼睛,挺着胸继续说道:“那天,我看见了银雪,还有你们。看见了你们把银雪甩在一边,银雪还向我借了钱,买了苹果、橙子、菠萝口味的饮料去找你们,你们却说她没有眼力见儿,一直在挖苦她。银雪就是因为那样,才死掉的! 不是吗?”

面对女生的指责，佳英她们也非常委屈，嘶喊道："那怎么会是因为我们，那只是一场交通意外！"

"银雪是为了给你们买饮料，把回家的路费都搭上了。她是在失落中走回家的路上出的事故，难道你们就没有罪恶感吗？"

"李珠娴，你这次又拿第一了吧？金佳英，你又有新的男朋友了是吗？何薇珍，听说你在做增高手术对吗？"

"银雪她那么痛心地死去了，你们却活得这么快活。我真的好讨厌你们，所以我想让你们尝尝苦头才那样做的！怎么样？"

"看见了银雪的鬼魂，一个学习成绩不好了，另一个失恋了，你！越来越矮了！分明是你们做贼心虚才那样的，不是吗？"

那个女生激动地一直说个不停。

佳英忍无可忍，一巴掌扇了过去。女生也不服气，疯了似的扑上去。教室里顿时乱成一片。恭实看着这一切，觉得惋惜。她知道，其实这不是银雪想看到的结果。恭实无奈地望向中元这边。

中元"哼"了一声，摇了摇头，心想："就知道是这样的结果，她那样儿还能搞出什么？！"

中元和恭实离开了教室，走到学校的大门口。在那里等待着的奎道，迎上来问道：“主君，都确认完了吗？”

“看了一场非常壮观的肉搏大战，很激烈的那种。”中元讽刺地回答道。

“那个……”恭实刚要开口。

“行了，我知道了我想知道的。具体你是怎么知道的，我一点都不好奇。”没等恭实说完，中元打断了她的话。

“我能看见，所以我知道。银雪现在很伤心，我想让她的朋友们也知道她的痛苦。”恭实说着，转身向学校走去。

学校的休息室内，佳英她们满头乱发，狼狈地坐在那里。这里就是银雪总蹭吃她们东西的地方。佳英先开了口：“我们真的做了那么大的坏事吗？所以受到了诅咒……”

“是因为我们银雪才死的啊……她很恨我们……”珠娴哽咽着说道。

“我们现在怎么办？她已经死了，连解释的机会也没有了。”薇珍流着泪，失望地说道。

这时，她们三个人的手机同时收到了短信，是银雪发来的短信息：“我现在在你们的身边，想说什么就跟我说好了。”

佳英她们先是都愣了一会儿，因为手机明明被恭实拿走了。难道是……薇珍认真地说道：“这就是银雪发来的！

我们就当做是银雪发来的。”三个人都点了点头，想象银雪就在她们身边倾听，她们终于激动得哭了出来。

“银雪，对不起！真的对不起……”

“我也对不起你，总是觉得你很烦，真的对不起……”

“我总是欺负你，对不起，真的对不起……”

“我们希望你能像从前一样，笑着对我们说，没关系！”

佳英她们都已经泣不成声。

就在这时，不远处的自动售货机里响起“当啷啷”的声音。佳英她们慢慢地走过去，发现取物口里居然有三瓶饮料，正是苹果、橙子、菠萝味的。佳英她们一人拿起一罐饮料，互相拥抱在一起，伴随着不停的道歉声，痛哭起来。

看着这一切的银雪魂魄，欣慰地笑着，慢慢消失在天空中。

恭实手里握着手机，抬头望向消失在天空中的银雪，欣慰地笑了笑。消失在天空中银雪的笑容看上去是那么的灿烂。再见了，银雪！

中元和奎道看着望着天空的恭实，奎道似乎觉得恭实的举动很奇怪，问道：“太小姐到底在看什么呢？”

“只是发呆而已，走吧！”中元真不想知道。

奎道一边启动车子，一边问：“那……太小姐怎么办？”

"别管她,她自己会看着办的。"中元冰冷地回答。

看着远去的中元的车子,恭实感到有些失落。

中元透过倒车镜,望着恭实心想:"这女人,真让人有些在意。"

奎道似乎读懂了中元的心思,问道:"您会遵守不撵走她的约定吗?"

中元没有回答,也没有想好到底该怎么办。

7

恭实手里拿着清扫工具,用不安地神色看着奎道,问道:"我真的可以继续留在这里做清扫吗?"

"是的,他说:'没工夫去搭理保洁部的人员调配。'呵呵!"奎道学着中元的语气,和蔼地笑了笑。恭实开心得不得了,问道:"那我可以去亲自谢谢他吗?"说着正准备要去,奎道急忙拦住了恭实,又学着中元的语气,说道:"不行,他说:'17层社长办公室内不要让晦气的太阳照进来!'他不想让你上去。"

恭实有些失望,奎道似乎猜透了她的心思,关心地问道:"怎么?失望了吗?反正他都要下来的……"

想想也是啊，他总会从楼上下来的嘛！只要在下面等着就好了，想到这些心情好多了。恭实突然想起什么，问道："对了，那个女学生会怎么处理啊？会因为合成照片受到惩罚吗？"

"这事儿不打算追究了。"奎道安慰地回答道。

"我以为他会因鬼喷水池事件很生气呢？"恭实有些不相信。

"他现在因为鬼喷水池事件开心得很呢！"听了奎道的话，恭实更加一头雾水。

喷水池前，游客们蜂拥而至，就好像是面对着意大利特莱维喷泉一般排起了长长的队伍，都在准备着扔硬币许愿。因为传出了喷水池附了鬼魂可以实现愿望的传闻，一时间成了有名的地方。仅仅几天的工夫，喷水池内已经堆满了各种硬币。

石哲也拿出 100 元的硬币，正想去试试，却被中元一把抢了过去。中元走到喷水池边的小朋友跟前，蹲下身把硬币塞进小朋友的手里，说道："小朋友，你也想许愿吗？你的愿望是什么？"

小朋友兴奋地点了点头，天真地回答道："玩具，还想要新球鞋！"

“是吗？你拿着它到你妈妈面前大声说出来后再抛到水池里，你的愿望去2楼的儿童中心就能实现。去吧！”中元指着2楼的方向说道。

小朋友兴奋地拿起硬币，喊着妈妈跑掉了。中元起身望着小朋友，对着石哲说道：“大部分的心愿都伴随着消费，只要能与销售额衔接，不管是女神还是女鬼，都无所谓。继续宣传吧，就说许的愿都能如愿以偿。”

石哲假装听明白了，违心地点了点头。

在中元的办公室里，程兰坐在沙发上等着中元。中元和石哲刚进办公室，中元就对着程兰，先声说道：“至于灵异照片事件，就这样算了。”

“为什么？因为那件事还把以前你的事情都给抖出来了……”程兰愤愤不平地问道。

“越解释事情变得越复杂，还不如就这样算了。也许不当回事就能平息一些。”中元回答。

“你怎么样？你都放下了吗？”

中元不想回答。

“你是不是还觉得对不起她，所以才一直不找女朋友的？你的自责感还那么强烈吗？”程兰还是有些担心地问道。

“我知道,知道您想说什么。我活到现在,已经听了不止一千遍了。又是什么为了活着的人的最好的借口,活着的人终究还是要活下去。”中元回答道。

“是的,活着的人还是要活下去……”程兰又重复了那句话。

“我已经很清楚了,那样的忠告请不要再说了。我害怕我现在的样子,都是因为自己一手造成的而感到恐怖。”中元有些不想谈下去。

“我只是担心你而已……”程兰还是有些不放心,望着中元说道。

“我知道,请不要担心。我可以明确地跟您说,我没有一次,哪怕是仅仅一次都没想过,这些是因为我的错。绝对没有!”

程兰面对中元确信的表情和话语无言以对。站在一旁的石哲干巴巴地看着这个场景,露出不屑的表情,心想真是一个无情的家伙……

程兰从中元的办公室里出来,石哲马上跟了上去。接着刚才的话题说道:“朱社长真的没有觉得自责,看来你可以放心了。他可真狠心啊!”

“你是不知道,那个叫车熙珠的女孩子对中元是多么特殊的人。”程兰的话,石哲是无法理解的。

可能是因为程兰的话，中元独自坐在办公室里，脑海中又回想起那次事件……

还是中学生的中元被绑在椅子上，黑暗中有个人影在向他靠近，中元强打起精神看清了走到跟前的人，原来是车熙珠。

“车熙珠，你怎么样？你没事儿吗？”中元连声问了好几次，她都没有回答，只是静静地盯着中元。过了好一阵子，熙珠冷冷地看着中元，冰冷地说道：“中元，对不起了，朱－中－元。”

耳边又传来电视上主持人的解说词和程兰刚才说的话，还有警官和奎道的话语。“哼！”中元像是故意说给她听一般，说道：“就因为你那样死了，我却变得如此冤枉。车－熙－珠！”

“这次的事情和十五年前的事件没有任何关联，不过在朱中元社长的身边出现了一个值得注意的人……是个女的。”在 KINGDOM 紧急通道口，姜宇正在跟谁通着电话。姜宇的表情异常严肃，眼睛不时地望着在喷水池清扫的恭实。

恭实正在和保洁部大婶们一起清扫喷水池。有位爱热闹的大婶冲着恭实,喊道:“听说新来的年轻人,你叫太阳是吧?”

“多大了?”

“做个自我介绍怎么样?”几位大婶也附和着,亲切地问道。

“我不想做!”恭实突然对着喷水池上面打着手势喊道。大婶们都对她异样的举动和言语感到莫名其妙。怎么会这么没有礼貌?大婶们用奇怪的眼神望着她。

其实,一位白发苍苍的老爷爷鬼魂正站在喷水池上,恳求恭实帮他做些什么。原来,恭实的话是冲着老爷爷说的。恭实再三推脱不成,硬着头皮对刚才的那位大婶开口说道:“大婶,那什么,请问今天是不是您公公的祭日啊?”大婶听了,用手算了一下,突然拍着大腿说:“对呀,我怎么把这事给忘了,我今天要早些回去了。可是太阳,你是怎么知道的?”大婶神奇地问道。

“啊!我好像偶然听说过……”没办法如实地讲,就是说了也没人会相信,恭实无奈地含糊回答道。喷水池上的老爷爷叹着气瞪了一眼那位大婶,摇了摇头。

这时,下楼的石哲和程兰路过这里,视线无意中转向吵闹的方向。

“哦?是那个女人……”嘴快的石哲忍不住脱口说道。

“女人?”程兰听到“女人”两个字,停下了脚步,看着石哲。

“不,不是那种女人,那边那位小姐,好像是前几天那个女人……”石哲模棱两可地说道。

“是谁?”程兰顺着石哲指的方向望去。

“就是把太伊玲结婚庆典搞砸的女人。”

程兰听到这话,疾步走到恭实跟前,上下打量着眼前这个女人。一个保洁部职员,而且是这等模样的女人能把那么大的庆典搞砸?真不敢相信。

恭实也眨了眨眼睛,盯着程兰。程兰下意识地看了看恭实的胸卡,说道:“太-恭-实……我会记住的!”说完瞪了她一眼后离开了。

石哲也看了一眼恭实后,急忙跟着程兰走了。

恭实正觉得这些人可笑,听到身边有人在喊她的名字。

“太恭实,还没有结束吗?”原来是姜宇。

“是啊,快结束了。”恭实看了看手中的活儿回答道。

“那就等下一起回家吧。”

“啊?!什么?”恭实以为自己听错了,问道。

“我们不是住在一个地方嘛,所以一起回去吧。”姜宇的话使大婶们惊讶地睁大了眼睛。

大婶们纷纷议论“两个人在谈恋爱吗?多好啊!真是

好时候”等的唠叨声不断，正巧被路过的中元和奎道听见了。

太恭实？中元看着恭实身边的姜宇，还有用双手羞涩地捂着红着的脸的恭实，瞬间不自在起来。

姜宇扔下“在外边等你”的话后离开了。大婶们更大声地逗着恭实：“哎哟～结婚了吗？什么时候结的啊？”

“长得可真帅啊～”

哼！这么快就开始恋爱吗？不对，她恋不恋爱跟自己有什么关系。中元不想理会，径直走过去。走着走着，中元突然停下了脚步，若有所思地望了恭实半天，转身向恭实走来。

“你又看见什么了吗？”恭实被中元的话惊了一下，不知如何回答。

中元继续说道：“在我昂贵的喷水池里，你又看见什么了吗？”

“不，什么也没看到。”恭实老实地回答道。

“那就不要让我看见你！”中元警告完转身离开，却被恭实叫住。

“那什么……”

这个女人真是多事啊！中元转过身说道：“干什么？不要和我说话。”

“对不起了。”恭实接着说道：“要是早知道你有那种痛心的过去，我就不会说出在你身边看到车熙珠的事情。”

“痛心？”中元的表情开始发生变化。

“都怪我，引起您的自责感。”恭实继续说道。

“自责感？”中元的表情更加愤怒起来。

“她也许在你身边想告诉你，忘记过去，活着的人还是要活下去。这不是你的错。”恭实还在安慰着中元。

中元“哼！”了一声，逼近恭实的脸，冷冷地问道：“你说你能看见的那个，可以叫她过来吗？”

“为什么？”恭实不知道中元想干什么。

“你要是能叫过来，就让她过来，我有话对她说。”

“是什么话？”恭实感到很好奇，也更加迷惑，这时传来中元的阴森恐怖的话语：“坏－女－人！”

恭实的脸顿时苍白起来。

第三章

世上没有偶然

1

“坏－女－人！你就原原本本这样转告给你看见的女鬼。”

恭实感到中元有些可怜，说道：“看来因为留下你一个人，没少埋怨她。恨她恨到这种程度，看得出来你曾经有多么爱她。如果我看见她，我帮你转告她吧，说你还是非常喜欢她！”

“你别自作主张地歪解我的话，我的话就是在骂她！坏女人！”中元再一次提醒恭实，说道。

“我都知道,人们嘴上说坏人~坏人~,心里却想念着对方。”恭实回答道。

“不对,不对！如果你想要这样转告她的话,现在就给我滚。太阳!”中元好像明白了恭实在想什么,用手指在空中形象地画着圈圈,说道。

“不过,还是要谢谢你相信我。”恭实却感到无比开心,因为这个男人相信她,虽然嘴上说不相信,可她知道他相信自己。

“一直以来我都好害怕好孤独,遇见你就像看到了一丝阳光,最害怕的时候能有个逃生的防空洞,真是太万幸了。嗯哼哼~!”恭实忍不住又傻笑道。

“又错了,我是你的防空洞吗？你过来敲敲门试试,我是绝对不会开门的。”

“开门吧!”恭实撒娇着,几乎哭求道:“能救我的人只有你,我真的好害怕,求你开开门吧~!”

伴随着恭实的哀求声,喷水池里的灯突然一亮,喷泉“哗哗”地喷出水来。中元奇怪地看着喷水池,恭实依旧注视着中元的脸。不远处,等待着恭实的姜宇看着这一切,沉思着。

珍珠准备下班,出了办公室。她一手抱着一堆文件,另一只手关掉了走廊的灯,不小心把手中的笔掉在了地上。珍珠蹲下身去捡,却发现一只粉红色的高跟鞋,一看就是名牌,可怎么会在这里呢?珍珠环顾了一下四周,自言自语道:“只有一只吗?失物招领处应该没下班吧?”

珍珠拿起鞋子放在文件堆上,向客服中心走去。

等等,好像有个女鬼紧紧跟在珍珠身后。她光着的一只脚上还不停地流着血,一瘸一拐地发出“蹬!蹬!蹬!”的声音跟在珍珠身后,空气中还飘来女鬼的哭声:“还我的鞋子~还我的鞋子~”

珍珠好像听到了什么声音,突然转身,却什么也没有看见。珍珠感到很诡异,不由得打了一个寒颤。望着停留在最高层的电梯,焦急之余,珍珠干脆向楼梯急急地跑去。珍珠那高跟鞋的“蹬!蹬!蹬”的声音格外响亮,她更加害怕地加快了速度。就在这时,有只手突然握住了珍珠的脚,失去重心的珍珠“啊!”的一声,从楼梯上滚了下去。

在喷水池这边的中元和恭实同时听到了一声尖叫。难道是鬼出现了?中元和恭实同时向出声的地方跑去,姜宇也听到了,飞快地跟了上去。

楼梯缓台上散落着一些文件,珍珠一只手握着脚脖子,看样子很痛。恭实和中元急忙扶起珍珠,恭实关心地问道:“你没事吗?是怎么搞的呀?”

"在上面被什么东西绊了一下。"珍珠指着一处台阶回答道。这时,姜宇也跑过来了,问道:"发生了什么事?"

"她从楼梯上摔了下来。"恭实回答道。姜宇熟练地握住珍珠的脚检查,中元跑上去开始检查,却没有发现任何可疑的地方。恭实也四处看了看,并没有发现有鬼。

"肯定有什么东西,社长。"珍珠忍着痛,委屈地回答道。中元看了一眼姜宇,又看了看恭实,突然用脚蹭了蹭地面,指着恭实硬是说道:"地面很滑,清洁剂还留在上面。保洁部全部重新清扫!"

"现在吗?"

"是的,马上!姜队长送安代理去医院。"中元不知怎么了,就是想把姜宇和恭实分开,看他俩在一起就生气。姜宇帮着恭实把地上的文件都捡起来,亲切地笑着对恭实说:"看来今天不能一起下班了。"

"是啊……我也要留在这里清扫。你赶紧送安代理去医院吧。"恭实回答道。

"那回家见吧~!"姜宇笑了笑。

"啊!是……回家见。"恭实也笑了笑,感激地注视着扶着安代理离开的姜宇。

在一边听着恭实和姜宇的对话,中元更加奇怪地看了一眼恭实。正好恭实也发现中元异常的眼神,怕他误会,急忙摇着手解释道："啊~其实……不是那样的……"

"算了，我一点都不好奇。"中元冷酷地回答后，转身离开了。

恭实还没有说完，看着离开的中元觉得有些惋惜。

中元下了楼，看见奎道正在和谁通着电话。看见中元下来，奎道急忙上前说道："安代理说有个文件要交给副社长，我可能需要过去一下……"

"你去吧，我一会儿自己回去。"

"您自己没事吧？"

"当然了！"中元说着伸出了手，奎道有些迟疑，但还是把轿车遥控器递给了中元后离开了。

中元轻蔑地随便按了一下遥控器按钮，"砰"的一声，后备箱盖居然弹起来了。"哦？不是这个。"于是他又按了另一个按钮，"嘀"的一声，这回前大灯突然闪了一下。中元吓了一跳，急忙按回第一次的按钮，后备箱的盖子却没有回落。

中元埋怨地自言自语道："什么啊？自动打开了就不会自动关闭吗？"中元用力关上了后备箱。

人家也想跟平常人一样，跟自己喜欢的男孩子一起下班,结果却留在这里清扫楼梯,恭实的心情差到极点。咦?!恭实发现了一只粉红色高跟鞋,好漂亮的一只鞋子。怎么会在这里呢?如果穿着这种鞋子去约会该有多好啊~!恭实想着便把自己的破旧的运动鞋脱掉,穿上高跟鞋,傻笑道:“真的好漂亮啊!嗯哼哼~!怎么会只有一只呢?”恭实脱下鞋子四处寻找着另外一只,突然发现自己的脚下冒出一只手在抓向自己。恭实吓得急忙躲开,发现楼梯台阶下赫然趴着一个女鬼,伸出血淋淋的手扑了过来。

“那是我的……”

“啊!”的一声,恭实尖叫着,没来得及穿回自己的那只运动鞋就往楼上奔去。那个女鬼在后面就像刚才追珍珠时那样,一瘸一拐地紧紧追着恭实。只见那个女鬼拖着血淋淋的腿,另一个脚上穿着和刚才那只一模一样的粉红色高跟鞋。

恭实飞奔到电梯口,手忙脚乱地猛按按钮,嘴里不停地在喊:“快点,快点啊……”

电梯门终于缓缓地开了,恭实迫不及待地跑进去,一边按着关闭按钮,一边惊恐地望着追向这边的女鬼,就在女鬼伸手抓向恭实的瞬间,“嘭”的一声,还好电梯门终于关上了,恭实庆幸地舒了一口气。不料,通过电梯门的反射,恭实看见身后不知什么时候站着那个满脸是血的女鬼,对着自己的耳朵阴冷地嘀咕着什么。

恭实紧紧地闭着双眼，一动不敢动。这时，电梯门终于缓缓地开启，恭实头也不回地跑了出去。

中元还在停车场内，跟车子较着劲，这次是导航的问题。

“我们~家！”中元对着导航系统说道。

“目的地，我们家，开始为您导航。”听见导航语音，中元高兴地大声夸着自己，说道：“终于读出来了，干得好！”也不知道是夸自己，还是夸导航系统，中元自信地握着方向盘，徐徐地开动了车子。没开走几米，车前突然跑出一个人，中元急忙来了个急刹车，是恭实。

恭实焦急地敲打着窗户向中元求救道：“救我，求求你救救我。快点开门啊~求你了！”

中元摆了摆手，示意她滚开，继续向前开了过去。

恭实追了几步，失望地望着车子离开的方向。那个追来的女鬼离她越来越近，恭实害怕地用双手使劲儿蒙住头，发抖地缩在那里。

中元透过倒车镜看着恭实，突然感到有些不忍心。停下车，挂了倒档开到恭实的跟前，下车喊道：“又是什么？到底是什么如此吵闹？”

恭实一下子扑到中元的怀里,身体不停地发着抖。中元先是愣住,转而看着恭实害怕的样子,有些心软,实在无法推开她。

在保安室值班的李翰洙,碰巧看到了这一幕,吃着汉堡的嘴当时就僵在那里,睁大眼睛盯着监视画面,喃喃地说道:“主君? 搂着女人? 超级新闻啊!!!”李翰洙兴奋地拉近画面,欢喜不已。看来自己抓到了一件特大的KINGDOM新闻啊。

恭实还是紧紧地抱着中元。过了好一阵子,恭实的情绪稍微稳定了一些,这才不好意思的有些依依不舍地离开了中元的怀抱。恭实四处看了看,吁! 还好什么也看不见了。这才看着中元说道:“谢谢你!”

中元上下打量了眼前这个女人,发现她只穿着一只鞋,手里还拿着一只高跟鞋,奇怪地问道:“你的鞋子呢? 还有手上拿着的皮鞋又是怎么回事儿?”

“是这个皮鞋的主人在追我,皮鞋的主人好像死了。”恭实回答。

2

“你说的那个女鬼，真的在这里吗？”中元带着恭实来到医院的急救室门口，他突然停住脚步，拽住恭实继续问道：“还有，你确定就这样穿着吗？”

恭实的一只脚上居然套着抽纸盒，里面还留有一些纸，感觉软乎乎的，恭实试着跺了跺脚，点了点头。中元无法理解地继续问道：“我说的不是穿着是否舒适的感觉，而是从视觉上来看，你不觉得这样很丢人吗？”

“没关系的，以前在澡堂吓得跑出来时，还披着箱子回过家呢？这种程度不觉得丢人，走吧！”

中元突然叫住恭实，严厉地说道：“如果那个鞋子的主人不在这里的话，我会让你穿着抽纸盒在这儿住院的，听懂了吗？”

恭实像没有听到一般进了急救室四处寻找着。说实话，这种地方她根本不想来，因为这里会有很多鬼魂啊！不远的病床跟前就站着一个中年男子鬼魂，他正盯着医生和护士。恭实不想看见，急忙把头偏向另一边。

“鞋子的主人到底在哪里？”中元不耐烦地说道。

这时,恭实的身边突然出现那个女鬼,用血淋淋的手指指着前方的一个病床。恭实领着中元走到病床前,中元发现用白布盖着的尸体的脚上,只穿着一只粉红色的高跟鞋。中元瞪大了眼睛,又看了看恭实。

这时,好像是死者的丈夫拽住医生询问着什么。

“抬到医院的时候已经死了。”医生回答道。

死者的丈夫走过去,小心地揭开了死者脸上的白布,这是个满脸是血的女人。恭实看见,死者正是那个追着她的女鬼。

死者的丈夫趴在女人的身上痛哭起来。医护人员一边安慰着死者家属,一边把死者推走了。这时,死者脚上的鞋子不经意间掉在了地上。死者丈夫捡起那只鞋子,紧紧地抱在怀里失声痛哭。就在大家都用同情的眼神望着这边时,谁都没有注意到,死者丈夫的嘴角上瞬间闪过一丝怪怪的笑意。

“现在你也亲眼见到了,这回相信我的话了吧?知道我有多害怕吗?真的有鬼啊,你不觉得害怕吗?”恭实一边走出急救室,一边对中元说道。

“我不害怕,我又看不见,和我有什么关系。我也不会发挥那没用的想象力,不会!绝不会!”中元毫不动摇地回答。

恭实并没有放弃，一个劲儿地学着女鬼的动作，左右变换着方向逗着中元，真的希望他能相信自己。中元恼怒地喝道："别这样！好啦~是啊，你很害怕！这样行了吗？"

"但是像这样抓住社长您的话，就什么也看不见了。"恭实突然紧紧地抓住了中元，接着说道："现在你该理解我为什么总是缠着社长的原因了吧！不是因为钱，也不是因为长得帅，而是因为能看见鬼的原因啦。我不是想要勾引社长的Candy！"

中元双手合十从下至上大大的画着一个大圈把恭实的双手从身上硬生生地挣开，用嘲讽的语气，缓缓地说道："你是说第六感、灵感是吗？笑死人了，我还以为阴险的Candy在勾引我呢？如果像你说的那样，你缠着我是因为看见鬼，那我问你，那些鬼缠着你又是因为什么？"

"总是来找我拜托做一些事情，他们不像活人一样郑重地来说明情况请求谅解，而是盲目地出现，跟我说自己想说的话，如果我不听的话就总是跟着我，连觉都不让睡，所以我很痛苦。"恭实像小孩子般哭诉着一切，中元不耐烦地指着恭实手中的鞋子，问道："那么，这个鞋子的主人呢？她想要什么？"

"让我把这个鞋子转交给她的丈夫，跟他说她会看着他的，会注意着他。”恭实说着，发现不远处的长凳子上，刚才死者的丈夫在把弄着手里的鞋子发着愣。

“我认识他，他是刚刚进驻 KONGDOM 的一个店铺主人。”中元用肯定地眼神看着那名男子说道。

“是吗？原来是去看丈夫，所以把鞋弄丢在那里啊……这个看来是很珍贵的啊。”恭实若有所思地想着。

这时，那名男子接到电话，从座位上站起来，走向医院的入口一侧。恭实为了还给他鞋子跟了上去。中元也没有阻拦，因为也想看个究竟就跟了过去。

扶着墙打电话的那名男子，脸上居然露出了邪恶的笑容，远远地听到他在说：“死了，真的死了。这真的是奇迹，是她自己死掉的。嘿嘿~！”

恭实和中元都愣住了，夫人死了居然还很高兴。恭实和中元都疑惑地看着对方。

失望的恭实坐回椅子一言不发，回想起刚才男子的笑容比看见鬼都可怕，说道：“我刚才看见鬼害怕，跑掉的时候连鞋子都忘记了。那个女人可能也是，或许是看见了让她愤怒的事情。她到底看到了什么呢？”

“我不会被没用的想象力所左右。”中元冷冷地回答。

恭实越想越觉得不对劲，突然从座位上站了起来，说道:“如果告诉他,他死去的妻子在看着他,他就笑不出来了吧!走!”

“好,好好去做吧。去揭开那个女鬼死亡的谜团,平息愤怒。”说完,中元向恭实的反方向转身走去。恭实着急地一把抓住中元,哀求道:“去哪儿啊?和我一起去嘛。”

“我凭什么?”中元问。

“没有你的话,我不敢进去啊。说不定还有其他的一些鬼魂什么的跟来。我现在需要你,社长。”恭实胆怯地哭求道。

“啊~特别的防御装置……摸了会看不见是吧?想在害怕的时候跑来缠着我。”中元装作亲切,在恭实眼前伸出了手掌。恭实欢喜地点着头,急忙去抓,结果中元一下子避开了。中元嘲弄地问道:“但是那些东西能给你一些有用的信息吗?比如明天涨停的股票是什么,挖哪里才能出挖石油,或者消失的宝物船沉在哪个海底,如果这些不行,那么明天中奖的彩票号码是什么?能告诉你吗?”

恭实失望地摇了摇头。中元继续说道:“那我不需要你,你那些没有用的第六感,对我来说没有任何价值,零分。不过既然我也来到这里亲眼见证了,就给你一个忠告吧。”

“你那样的举止和表现在别人看来就是一个穿着抽纸盒都不知道害羞的疯女人。清醒吧,好好管理一下自己的样子。”说完，中元便要走开，恭实着急地喊住他，委屈地说道：“你知道我不是疯了啊，你也看见了，所以你不是信了吗？”

“不，我只看我想看的，只相信我想相信的。在我看来你就是个疯女人，我不相信你的话。”中元说完，头也不回地走了。恭实感到无比的失落。

在医院急诊室里，姜宇陪着珍珠。护士拿起针，姜宇会意的马上回避。姜宇走出医院门口，想出来透透风。这时，有个带着墨镜，头上蒙着连体帽的女人，正在一辆开着天窗的进口车前鬼鬼祟祟地移动着。姜宇警惕地注视着她的一举一动，轻轻地向她走了过去，喝道：“在干什么？”

那个女人被姜宇的问话吓了一跳，左右看了看，压低声音警告姜宇说道：“别管闲事，走开！”

“你再不住手，我可要制止了。”姜宇警告她。

那女人没有理会姜宇，两脚蹬着继续爬向天窗。姜宇一把抓住她的衣领，把她拽了下来，反手把她按在了车前。咦?！原来是太伊玲！姜宇不好意思地松开手，说道：“对不起，我是看您的行为很可疑……”

“看清楚了，这是我的车，我想买点东西，不过经纪人不在，从楼上看见天窗打开着，所以就下来取点钱……”伊玲说着,用手指着车里的一个钱罐解释道。姜宇有些怀疑地看了看伊玲,伊玲做出一副可怜的样子,说道:“是真的,车里的那个罐子里有钱,那钱是我的。”

姜宇这才有些相信,飞身上到车顶,从天窗里取出那个罐子。姜宇从车上下来,伸手从罐子里取出一张1000元的纸币,问道:“是这个吗?”

“什么?就只有这点吗?”伊玲有些失望,很伤心地低下了头。

“你需要什么?”姜宇问伊玲。

便利店的门口,伊玲依旧带着墨镜在等着姜宇。这时,姜宇拎着袋子从便利店出来,将手里的袋子递给伊玲后问道:“就这些吗?”

袋子里是烧酒两瓶、烤鱿鱼一个和鱼片一包。伊玲接过袋子,看了看,开心地说道:“哦~ 很有眼力见儿嘛,鱿鱼还是烤过的。”

“能喝两瓶烧酒,为什么还住在医院里呀?”姜宇不解地问道。

“是演戏,怎么啦?需要在适合的时间昏倒才这样的,怎么,要告诉记者们是吗?”伊玲生气地反问道。

“不,是情况所迫,我理解。”姜宇回答道。

“你现在是在同情我吗？如果是因为我的婚事告吹了才同情我的话，就免了。”

“你不就是想觉得可怜，让人同情你吗？”姜宇直言不讳地问道。

“告诉我你的电话号码，回头把钱给你。”伊玲没好气地命令道。

“算了，希望烧酒两瓶能比医院的治疗有效果。”姜宇微微鞠了一下身子后转身离开了。

伊玲看着姜宇的背影，“哼”了一声。

3

恭实拖着身子，无力地走在回去的路上。她还是那个样子，手里提着装有粉红色高跟鞋的塑料袋子，脚上套着抽纸盒。来往的人们都用异常的眼光瞅着她，有的人还指指点点。恭实感到很委屈，对身边的鬼魂发着牢骚：“走开啊！能告诉我明天的股票会怎样吗？彩票号码能猜出一两个吗？最好是告诉我这些再拜托我事情，好吗？”

恭实说着更觉得委屈，伸手掏了一下兜，结果只剩下两张 1000 元的纸币，连打车都不够，更别说买双鞋子了。

中元走向医院的停车场，按下了遥控器，又是后备箱的盖子弹开，看来是又按错了。中元走过去刚要关上，发现后备箱里有高尔夫球鞋、运动鞋，甚至还有拖鞋，于是他自言自语道："原来有鞋子……"

中元顺手拿起拖鞋，想象着穿着抽纸盒的恭实，还有过往路人们的嘲笑和讽刺。不过马上又摇了摇头，想着这跟自己又有什么关系，便把鞋子扔了回去，正好砸在一个抽纸盒上。中元停顿了一下，拿起纸盒左右挤了挤，把手放进里面摸了摸，说道："挺结实的，也挺软乎，也可以穿啊！"

突然，由于自己用力过猛，纸盒的一侧裂开了。看着破裂的纸盒，中元开始有些担心起恭实来。

与此同时，恭实走着走着，路过一个公交车站。突然"嘶"的一声，抽纸盒破了，从里面掉出几张纸巾，恭实急忙用手把纸巾塞回纸盒里，不过没用，纸巾还是不停地掉出来。

"太恭实！"

在等公交车的姜宇正好发现了恭实。恭实看见姜宇很开心，又有些不好意思，低头蹭着抽纸盒。恭实似乎想起了什么，说道："对了，安代理受了伤，是你送去医院的吧！我把鞋子搞丢了……你看我的样子像个疯子吧?!”

“为了保护脚穿上抽纸盒是本能的肢体反应。”姜宇不露声色地安慰她。

“不过,有些漏了。看来抽纸盒的任务已经完成,接下来应该搬救兵了。那边来了出租车,我们打车走吧!”姜宇说着,过去准备招手叫车。恭实感激地看着姜宇,傻笑着说道:“防空洞虽然关了门,却见到了救援兵。嗯哼哼~!”

恭实的心情刚要有所好转,身边的鬼魂又来骚扰她,恭实不敢大声叫,只能低声地埋怨鬼魂说道:“别跟我说话,我不会答应的。我不想让他觉得我是个疯女人。”

这时巧姜宇打到出租车,向恭实喊了一声。恭实马上拖着纸盒,一瘸一拐地上了出租车。

中元的车子一直在医院周边转悠着,他在寻找恭实。每次转到路口的时候,导航就发出“您已经超出原定路线”的语音提示。中元自言自语地说道:“真是的,看了不该看到的东西……不过这个女人穿着抽纸盒赛跑了吗?怎么都找不到她?”副驾驶座位上放着刚才后备箱里的运动鞋。

导航的语音提示又响了起来。中元不耐烦地冲着导航系统大声喊道:“知道了,我会回去的。”说着,抓起运动鞋扔向后座。碰巧,有张纸巾飘向中元的车,贴在了车上。导航继续提示“请右转”!中元顺着提示转了方向,看见医院门口一侧,那个死者的丈夫打着电话,突然把粉红色的鞋子扔进了垃圾箱内。中元的眼神变得尖锐起来。

银河考试院的门口开来了一辆出租车。姜宇和恭实从车里出来,恭实的脚上依然穿着抽纸盒。恭实感激地向姜宇打了声招呼,说道:“今天真是谢谢你。”

“如果要感谢我的话,我可以问你一件事情吗?”姜宇接着问道:“上次你说的在 KINGDOM 里有对你很特别的人,是不是朱中元社长?”

恭实面对这突如其来的问话,有些害羞地点了点头。姜宇继续问道:“那~在 KINGDOM 工作,也是因为他吗?”

恭实有些奇怪的不知如何回答。

“上次我看见他来找你,你们的关系很特殊吗?”姜宇解释地说道。虽然是提问,但更像是审问。姜宇马上笑了笑,改口说道:“我是想,是不是可以一起下班?如果是老板的女人的话,是不是就不可能了?!”

听了姜宇的话,恭实马上摇着手,解释道:“我不是那种特殊的女人,对社长而言……我只算是个疯女人吧”

“那下次一起下班吧!”姜宇说完,抢先上了楼。

不知什么时候恭丽来了,她拍着恭实的肩,淫笑着问道:“刚才那个帅哥是谁呀?”恭实怕姜宇听见,“嘘”地示意恭丽小点声。

上了阁楼，恭丽追着恭实问道："是 KINGDOM 保安部的队长吗？"

"他住在 404 号房间吗？"

"嗯！"恭实回答道。

"不过，他知道你的精神世界吗？"恭丽有些担心。

"如果知道的话，他肯定不想跟我一起下班吧？！"恭实有些泄气地说道。

"你这样很有可能是因为缺少阳气，你和那个男人走得近点，补充点阳气。有些古代剧里，不是带有仙气的女人如果和男人在一起的话，会被认为晦气而被逐出师门啊，是吧？或许补充阳气后说不定会好起来呢？！"恭丽解说道。

"会吗？那他也是因为阳气过剩，所以对我来说才特别的吗？"恭实自言自语地说道。

"管他是谁，先抓住，然后吸吸他的阳气。"恭丽兴高采烈地说道。

"真的吗？他连手都不让我碰……可以吗？"恭实想起中元，摇了摇头。

"别管他，先从 404 号房开始。你赶紧睡吧，想要一起下班的话，首先要上班啊。"恭丽督促地说道。

“今晚是别想睡了!”恭实叹了一口气。

“怎么?屋里有什么吗?”恭丽有些害怕地问道。

恭实没有回答,看着塑料袋子里的鞋子,担心像以前一样被鬼魂附体。虽然这时候她应该在她的丈夫那里,不过晚上肯定会再来找自己。

恭丽嘱咐恭实记得把她拿来的泡菜放进冰箱后便穿上了鞋子。刚走出房门,突然看见两个小朋友站在门口,被吓了一跳。见到恭丽后,承穆和承俊很有礼貌地向她行了礼。恭丽这才回过神,问道:“原来你们就是住在4楼的小朋友啊,这么晚了不睡觉,在这里做什么?回去睡觉吧!恭实姐姐也要睡觉了。”

“恭实姐姐晚上不睡觉的,她说为了躲避害怕的东西,只能在太阳下面睡觉。”承穆天真地回答道。

恭丽担心别人听见,四处看了看,小声叮嘱他们说道:“你们不能到处说这种话,特别是不能对住在这里的年轻的叔叔说恭实姐姐奇怪的话,听到了吗?”

恭丽开始担心起来,她多么希望世上唯一的妹妹能找到一个可靠的男人,过上正常人的生活。

4

中元带领着石哲、奎道和几位中层干部巡视着 KONGDOM 的主要店铺。

“今年夏季的销售额突破了历史最高,我们 KINGDOM 在迅速崛起。”石哲得意洋洋地介绍道。

“GIANT 卖场就要开业了,为了维持销售业绩,做好打硬战的准备吧。”中元苛刻地说道。

石哲略感生气,但是不敢显露,依旧跟在中元的身后,介绍着每个店铺的销售情况。各个店铺的老板都走到店铺门口迎接着中元一行,石哲指着一个女装品牌店铺介绍道:“这家店铺的销售排名是第三位。”

中元微笑着郑重地向店主行了行礼。

石哲又走到一家店铺介绍说,这家销售情况并不乐观。中元不高兴地冲着店主,微微点了下头。

中元一行走到销售业绩最好的一家店铺门口,中元热情地过去和店主握着手说道:“您有什么难处,请随时来找我!”真不愧是现实又薄情的生意人。

中元一行走到大厅,看见工作人员在悬挂太伊玲的宣传画面，于是停下了脚步。画面里伊玲身穿性感的贴身运动衫，一条长长的腿踢向足球。石哲担心地问道："这是太伊玲准备要与刘海城结婚时拍摄的，现在婚礼也搞砸了，挂上这样的照片会不会不大合适？"

"多么有冲击感，你知道这张照片会带来多大的广告效益吗？"中元兴奋地说道。

"太伊玲是否会抗议……"

"广告代言费都付了，抗议又怎么样？"中元狡猾地笑道。

"说的也是，现在来抗议她也得不到什么好处。"石哲回答道。

中元一行人来到了黛莉雅的店铺门口，门上贴着"临时停业"的指示牌。石哲介绍道："这家店主夫人前几天因交通事故死了，这家的销售业绩排在第四位。对面的 GIANT 卖场试图想把它挖过去，不过这家店主和我们合作多年，应该不成问题。"

"我不相信他，再好好查查吧！"中元觉得看了不该看的东西，向石哲吩咐道。

KINGDOM 咖啡厅里，恭丽和来喝茶的李翰洙还有一位保安谈论着，话题是黛莉亚的老板夫人。那个保安开口道：

"听说那家老板对妻子非常疼爱啊,一起爬山还一起计划去旅行,都说是天生的一对儿……"

李翰洙不以为然地回答道:"如果有钱的老婆给开了店铺,丈母娘还在江南拥有几栋楼的话,放谁也疼爱啊!不过,唯一的女儿死了,那作为女婿,将来的财产不都是他的……"

"不管怎么说,人又好,还那么疼爱妻子,收到这份财产也理所当然哦。"恭丽附和着说道。

这时,有个人敲了敲恭丽的肩膀,是太恭实。恭丽推着恭实到一边,问道:"你又怎么了?"

恭实迟疑了一会儿,问道:"姐姐,人家都说是好人,就我一个人说是坏人,大家都不会相信是吗?"

"怎么了?你又看见什么了吗?是谁在说你吗?是不是又来了?"

恭实摇了摇头。恭丽有些担心地抓住恭实的胳膊,说道:"恭实,我们长久的在这里好吗?你也要在这里好好待着,跟帅哥一起下班,还要吸收阳气,对吧?!"

恭实知道姐姐要说什么,点了点头,垂着肩离开了。每次看见恭实,恭丽都有些不安。恭丽刚一回头,放在桌上的空纸杯突然掉在地上。恭丽惊慌地学着恭实的语气,怯怯地对着纸杯问道:

"那里有谁在吗?"

看着恭丽奇怪的举动，李翰洙起身来到恭丽的身边，问道："那个……刚才的那位是你的妹妹吗？"

"是啊！怎么了？"恭丽奇怪地看着李翰洙。

李翰洙心想，既然是主君女人的姐姐……他捡起地上的纸杯，笑道："没什么，就是想更加亲近一些，有什么需要我帮忙请尽管开口，呵呵！"

太伊玲戴着墨镜和经纪人一起走进KINGDOM大厅，经纪人眼尖地发现了那幅宣传画，埋怨道："为了取得同情的舆论装病住院，居然还挂起这种照片，我们去抗议吧！"

伊玲摘下眼镜，看着照片说道："不错啊！比起穿着患者服赢得同情心，还不如那样穿着运动服全都踢掉更好些。既然来了，就去找找那个搞砸我婚礼的女人吧。现在饿了，先吃饭再说！"

太伊玲善变的个性，经纪人也没办法，只能跟在她后面。

伊玲戴上墨镜正要转身离开，突然看见对面有个貌似熟悉又不敢确定的身影在和珍珠说着什么。伊玲压低墨镜，仔细地盯着她，心想："不可能啊，不会真的是她吧？！"

恭实手中拿着粉红色的高跟鞋，问着珍珠："你上次在楼梯上摔下来，说是被什么绊了一下对吧？那天你看见这样的鞋子了吗?”

“咦?!这个鞋子怎么会在你这里,这是我在走廊里捡到的……”珍珠惊讶地回答道。

“你在哪里捡到的?”恭实追着问道。

“我想想……”珍珠回忆起当天的情景……

走廊里,恭实蹲在那里盯着鞋子,自言自语地说道:“怎么会是在这里丢的呢?”

恭实不停地变换着角度,好像刑警在破案一般,顺着鞋子的方向做着各种假设,思考着。这时,中元和奎道来到跟前,恭实惊慌地起身解释道:“说是鞋子当初在这里捡到的,看起来这里离她丈夫的店并不远。”

“鞋掉在这里是吗?那它就是垃圾。你是保洁部的清扫工,把垃圾扔进垃圾桶就是你要做的。”中元又薄情地挖苦她。

“你知道这不是垃圾,你也知道我在说什么?”恭实埋怨他说道。这时,从恭实身旁走过一个女人,伴随着“蹬蹬”的高跟鞋声音。恭实和中元同时注意到,那个女人穿着的高跟鞋和她手中的鞋子是那么的相似。

恭实看了看中元,中元做出不关心的样子,转身走开了。恭实无奈地独自跟在那个女人身后……

那个女人径直走进黛莉雅的店铺内，恭实想往里偷看，但是窗户的陈设台太高看不见里面。恭实看着手中的高跟鞋若有所思地想了一下，然后使劲儿踮起脚尖，她看见了。在店铺里，刚才那个女人和昨天在医院里见到的死者丈夫，互相搂抱在一起，亲热着。

瞪大着眼睛，从窗户的百叶窗缝隙看着自己的丈夫和店员亲热，女人简直不敢相信自己的眼睛。颤抖的身子，尽量控制着自己的情绪，里面传来那名女店员的声音："你这次休息日也要跟你妻子一起去登山吗？"女店员问道。

"要一直在一起，这样等以后发生什么我也不会被怀疑的。"

"你妻子喜欢登山吗？"女店员看上去有些吃醋。

"喜欢，可她做梦也不会想到是在找自己的葬身之所，哼！"男人说着，不经意间看见了窗外的妻子。

女人强忍着痛苦，捂着嘴急忙跑掉了。男人立即站起身追了出去。女人穿着高跟鞋拼命地跑向走廊，男人在后面喊着她的名字紧紧追来。女人因为伤心欲绝，不小心甩掉了一只鞋子，但她顾不上捡，急忙跑进了电梯里。

女人跑到了停车场，上了车离开了。想着丈夫的背信弃义，两眼忍不住淌满了泪水。这时，放在副驾驶上的电话响起，是丈夫打来的。女人悲痛地哭喊着，猛地踩着油门。经过的车辆纷纷鸣笛示意她危险的驾驶，有辆车紧紧在后面追赶着，不停地变换灯光示意她停下。女人悲痛欲绝，光着的脚更加狠狠地踩着油门，还不停地转身看着身后的车辆。就在这时，伴随着一声尖叫，女人的车子撞在了停在路边的抢修车辆上……

原来是这样啊！恭实看着店铺里的狗男女，气得不停发抖。死者的丈夫搂着女店员说道："你现在是明目张胆地穿这双鞋了吗？"

"你妻子不是死了吗？就算是收到了同样的礼物，怕被发现所以没能穿。现在不是没事了吗？"女店员兴奋地回答。

"小心点，还有丈母娘呢？等那个老东西死了，以后这些都会成为谁的？"

"她还好好的，谁知道会什么时候死掉。"女店员不高兴地说。

"女儿死后现在状态很不好。不过会很快的，我们运气一向不是很好吗？"

他们的身边，站着那个只穿一只鞋子的女鬼，血淋淋的脚上的鞋子和女店员双脚上的粉红色高跟鞋形成了鲜明的对比。

恭实看着这一切,心痛无比!

中元的办公室,中元用望远镜望着对面建设中的 GIANT 卖场建筑。

“那个 GIANT 购物中心,正虎视眈眈地盯着生意红火的我们呢,要好好地挺住才行。”中元有些担心,奎道安慰着说道:“今天不是作为管理者转了一圈吗?”

“仅仅是优先顺序而已,拿这个来夸他们,我的嘴差点都要裂开了。”

“黛莉雅店铺销售量也不少,是不是应该去看看?”奎道提醒道。

黛莉雅?不过看到了没用的东西,如果见到那个人嘴说不定真的会裂开!

“对了,刚才太恭实跟着的女人,其实是黛莉雅店铺的女店员。听说那个店铺店主现在因为失去妻子而沉浸在痛苦之中,我担心太阳会不会犯什么错啊!”

听了奎道的话,中元还真有些担心起来。

5

黛莉雅店铺内,男人关切地招呼着前来转悠的丈母娘。

“这个鞋子,是你死去的妻子让我转交给你的!”恭实出现在店铺里,手里拿着鞋子,冲着那个男人说道。店铺内的职员们惊慌而又好奇地看着恭实,恭实接着说道:“出事的那天,你的妻子来过这里。想过来见你,却见到了不该看到的东西,惊慌之余把鞋子弄丢了。”

男人的丈母娘不知道是怎么回事儿,望着自己的女婿。男人反过来气冲冲地对着恭实喊道:“你说我的妻子来过这里?绝不可能,另外你这只鞋子不是我妻子的。”

“你别骗人了!”恭实气愤地大声说道。

面对恭实不寻常的举动,男人的丈母娘怀疑地望着男人。男人忙上前解释道:“您别相信她,丈母娘!允熙的鞋子找到了。”男人偷偷地向那名女店员使了个眼色,走到收银台处弯下身拿出来一只鞋子。

恭实更加气愤,逼近两步反驳道:“不是的,那是别的女人的鞋子。那个女人也在这里!”看见恭实逼近,男人挡住恭实喊道:“你到底是什么人?你想干什么?”

“她说过会注视着你,让你好好待她的妈妈。你简直就是一个坏蛋!”恭实激动地骂道。

男人突然装作可怜兮兮的样子,委屈地哭道:“你为什么这样?我妻子去世没过三天,我也痛苦得恨不得一起去死。为什么对活着的人这样?”

“如果现在你的妻子在看,你也会这样说吗?大坏蛋!”恭实还是不服气。

男人狡猾地装作很痛苦的样子,继续哭道:“如果她在看,她会知道我有多爱她,她会知道我现在有多痛苦!”

围观的人看见男人如此真心一片,感动地点着头。唯有站在男子身边的女鬼,气得浑身发抖。

不行,不能让这种披着羊皮的狼危害好人。恭实愤怒地抓住男人,嘴里喊道:“你们千万别上了他的当,他在撒谎!”

面对恭实突然抓狂,职员们围上来拽住恭实,把她往店铺外拖去。

恭实哪里肯放弃,望着老人喊道:“阿姨,你千万别上他的当,他是个坏人。你们放开我!”恭实和职员们撕扯起来。

购物中心内迅速聚满了围观的人,伊玲也在。她认出了恭实。比自己漂亮又学习好的大太阳,如今变成这副模样，的确有点意外。不过，她觉得并不坏。真不愧是嫉妒的化身太伊玲。

这时赶过来的李翰洙和保安挤进人群发现了恭实。李翰洙望着恭实不知道如何是好。有个店铺职员用力一推，把恭实一下子推倒在地。李翰洙和保安刚要扶起恭实，男人扶着老人走出来，老人冲着恭实摇了摇头。

真是冤枉啊！没有一个人相信自己，恭实委屈的眼里满是泪花，身心无比沉重。天啊！怎么办啊！

"咦?！社长！"

这时，有人喊道。中元和奎道不知什么时候来的，已经站在恭实的身后。

"太恭实，为什么像个疯子在那里，起来，赶紧起来！"中元用和往常不一样的眼神望着恭实，伸出了手说道。恭实惊讶地愣在那里，难道他要帮自己吗？恭实马上抓住中元的手站了起来。

"那个鞋子的主人找到了吗？"中元问恭实。

恭实指着扶着老人的男子，说道："找是找到了，不过他不承认是自己妻子的。他在撒谎！"

男人看着中元迟疑了一会儿，还是拿出手中的鞋子，辩解道："不是说谎，死去妻子的鞋子在这里，是这个疯女人在胡说！"

“是那个女人是疯子，还是你是疯子，对照一下就知道了。”中元向奎道示意了一下，奎道拿出装有一只粉红色高跟鞋的盒子。中元继续说道：“这是你妻子死去那天，你扔进垃圾桶的那只鞋子，让我找到了。”

男人有些惊慌，咽了一下口水。中元接过男人的鞋子和奎道递过来的鞋子对比了一下，结果两只鞋都是右脚，根本不是一双。老人吃惊地看着男人，围观的人们也开始纷纷议论起来。

“看来似乎跟你的不是一双。”中元说着，这次拿起恭实手中的鞋子对比了一下。一左一右正好是一双。人群中已经开始冒出：“正好是一双啊！原来她说的是真的！”之类的议论声。

老人激动地拿起中元手中的鞋子，回头问那个男人：“这是我女儿的鞋子，那你刚才拿的又是什么？”

中元看着老人，又看了看躲在收银台后面的女店员，命令保安道：“把那个女的带过来！”

李翰洙和一名保安过去把那名女店员拉了出来，围观的人同时吃惊地叫了起来。中元讽刺地替男人回答道：“看来你手中的鞋子和她脚上穿的才是一双。”

老人气愤极了，身子晃了晃晕了过去。店里的职员们马上把老人扶回店铺。人们七嘴八舌地议论着，对着那个男人和女店员指指点点。

恭实走到那个男人跟前，狠狠地说道："她说会一直注视着你，你的葬身之所她一定会帮你找到的。就像你说的那样！"

在人群中的太伊玲，好奇地望着中元和恭实。伊玲的经纪人还称赞起中元说道："这里的社长真是好人啊，还站出来为自己的职员出头。"

"朱中元社长可不是那种性格。"伊玲回应道。

这时，伊玲眼前急匆匆闪过一个人，是姜宇。哦?！那个人，是他！伊玲迅速跟上去抓住了他的胳膊。姜宇本能地反手擒住了太伊玲的手腕，伊玲痛苦地求救道："啊！是我，太伊玲！放开我啊！"

太伊玲把墨镜摘了下来，姜宇这才认出是她，放开了手。

"上次也是，看来你是警卫吗？在这里工作吗？姜宇？你叫姜宇吗?"伊玲看了看姜宇的胸卡，继续问道："正好，还有上次的事……"

没等伊玲说完，姜宇打断她的话，行了个注目礼说道："我在工作，先走了。"

伊玲感到自尊心受到伤害，咬着牙盯着远去的姜宇说道："他这是在无视我吗？哼！"

一场骚乱终于得到了平息，姜宇这才出现在现场，对着李翰洙和保安问道："事情怎么样了？"

"主君出面，把事情都解决了。"李翰洙回答道。

"社长亲自吗？"姜宇感到更加蹊跷地问道。

"是的。"回答完后，李翰洙和保安就离开了。

没有走远的李翰洙和保安的对话声，传进姜宇的耳朵里。

"太阳是主君背后的女人，我看到的没错。"李翰洙接着说道："不过，刚才我没有太用力抓那个女人吧？如果她心情不好跟主君讲我就完蛋了……"

姜宇的表情更加复杂起来，分明中元和恭实之间有什么事情。姜宇走到隐蔽的地方，掏出电话讲道："上次跟您汇报的女人，看样子和朱中元的关系很特殊，是不是跟车熙珠有关，还有她到底知道些什么，我会一直关注的。"

6

中元的办公室，恭实"嘻嘻"地笑了笑说道："你说你什么都不信，结果还是帮了我，谢谢！"

“不用谢我,我只是报我的仇而已。那个男人不仅背叛了老婆,也背叛了我的KINGDOM。他已经和对面GIANT卖场签了新的合约,坏蛋!我只是就此报仇而已。”中元愤怒地说道。

“社长也是心里放不下,在医院门口盯着那个男人不是吗?”恭实问道。

“我只是一不小心看到了没用的东西,走错了路,既然看见了,所以就捡回来了而已。”中元不想承认。

“人们有时候在某处丢失东西或者迷路却会在无意中到了意想不到的地方。可以说是偶然产生的幸运或者是不幸吧。但是那些不全是偶然发生的。”恭实谈论道。

“你是说我迷路不是偶然的,是吗?”

恭实学着导航提示音的语气回答道:“请右转!”

想想那天在医院附近寻找恭实的时候,导航的确提示是向右转。一想到当时副驾驶上坐着那个女鬼,中元不免有些后怕。恭实突然目不转睛地盯着中元身后的某个方向,中元也被催眠了一般缓缓地回头看了看。之后急忙转过身,正色地说道:“就到这里,别再发挥那些没用的想象力!”

“社长,我想过了。有一个可以让我对你变得很特别的方法。”恭实捉弄他一般说道。

“你对我来说会变得特别是吗？怎么？你要告诉我彩票中奖号码吗?”中元冷哼了一下。

“车熙珠对于社长来说是很特别的人吧?”恭实接着说道:“我可以看到车熙珠啊!”

“对,你说过熙珠在我身边吧。如果你一直在我身边,说不定能再看到她了。”中元若有所思地回答。

“是啊,如果我再见到车熙珠,就可以变得很特别吧。嗯哼哼~再看见的话,我一定转告。”说完,恭实兴奋地鞠了一躬,傻笑着走出了中元的办公室。

中元的思绪变得复杂起来,难道自己还能再见到熙珠……？哼~想想就觉得可笑。

KINGDOM咖啡吧里,恭实在等待着恭丽。这时,李翰洙走过来,关切地搭起话来:“那个……今天我们保安部有个聚餐,太恭实要不一起去吧?!”

恭实听到聚餐,疲倦的眼神立刻闪出光芒。其实好久没有去过聚餐了,可以一起举杯畅饮,还可以一起去唱歌……真想去一次。不过不行!

“保安部的话……姜宇队长也会去吧？恭实,我们也去吧!”恭丽劝着恭实说道。恭实有些心动,但是她知道自己喝了酒就会出大事。以前就有过一回,所以恭实的表情暗淡起来。

“去吧,去了不喝酒光吃菜不就行啦?!”恭丽再一次说服道。

“可以吗?”太恭实迟疑了一下,马上又期待起来,眼里放着光……

在 KINGDOM 的一家餐馆里,姜宇和保安部职员们在喝着酒。恭实和恭丽也在其中。恭实有些紧张,不过好久没有来这种地方了,手中不停地为大家撕着鱿鱼。一边的姜宇小心地注视着恭实。

这时,李翰洙在神气地制作炸弹酒。在排成一列的白酒杯中,李翰洙发现最后一个可乐杯里掉进了白酒杯,他眼疾手快地取出白酒杯,装作没事一样拿起那杯可乐递给恭实说道:“太恭实不能喝酒,所以可乐是你的。”

大家都举起杯,一起干了杯。恭实也拿起可乐一饮而尽,今天的心情特别的好。

恭实靠着墙,迷迷糊糊地眨着眼睛。姜宇有些担心地过来问道:“你没事吧?”

恭实觉得好开心,和这么多人在一起,不知道有多好。

恭实的头又往墙上撞了一下，姜宇关切地问："觉得很累吗？是不是醉了？"

"我没有喝酒，我害怕所以没喝。喝醉了会完全变成另外一个人的。"恭实回答。

"喝醉了，谁都会那样。"姜宇安慰她说道。

"我可是真的变成别人哦～嗯哼哼～"恭实傻笑道。

7

15 年前，穿着高中生校服的年轻的中元喊住前面的女孩子。她脸色苍白，长长的头发随风飘动，她是车熙珠。

"车熙珠，你说因为我是有钱人家的儿子才喜欢我，是真的吗？"

车熙珠没有回答他，眼睛一眨一眨地望着中元。

"你不会是要我吧？！让人不爽！"中元又问。

"为了不让你伤心，考虑一下而已。如果马上回答的话，怕你受到伤害。"车熙珠回答道。

她一点都不像在撒娇，中元无声地转过身子。这次，车熙珠开口道："朱中元，你生气了吗？我如果喊你三声你会消气是吗？"

“朱中 one,朱中 two,朱中 three!”

中元顿住了,缓缓地转过身子,强忍着笑说道:“一点都不好笑。”

“虽然不好笑,可是你消气了吧?!”车熙珠这才欢快地笑起来。中元也跟着笑了。

中元回想起过去的事情,嘴里嘟囔着“坏女人”站在一楼等着车子。不知怎么了,一想起车熙珠,“坏女人”三个字就自然地蹦了出来。这时,恭实略微摇晃着身子从洗手间出来,迷迷糊糊中看见中元站在那里,同时看见他的身后站着一个女孩儿。就是她!得想办法让他见到她!恭实感到有些晕,一下子蹲坐在那里。这时,车熙珠慢慢地回过头望向恭实这边,随后又缓缓地向她这边飘来……

恭实去哪儿了?看她的脸色跟往常有些不同,脚步也变得沉重而又缓慢,她没有低着头,也不垂着肩。恭实走到中元住的别墅前,眼睛望着窗户。

“叮咚~”

中元听到了门铃声,看向对讲机画面。太恭实?她来这里做什么?她怎么知道我住的地方?真是古怪的人。中元开了门,恭实站在门口。中元吼道:“坐我的车,进我的公司，这一次还到我家按门铃？我是不是警告过你，别再发挥没用的想象力，我说没说过？”

恭实面无表情地看着中元，开口道：“中元……”

“什么？中元？你是真的疯了吗？”中元觉得她真是无可救药了。

“你对我很生气吧？”恭实走到中元的面前，亲切地看着中元的脸。

“是的，非常生气。你被解雇了，别再出现在我面前。给我滚开！”中元打着手势说道。

“如果我现在叫你三次，你还是会消气吗？”

中元的表情一下子凝固了，这是什么？太恭实怎么会……中元惊讶地望着恭实。

“朱中 one，朱中 two，朱中 three！”

车熙珠说过的话和恭实的声音混合在一起，就像当初车熙珠的笑容，恭实也笑着。这个女人到底是谁？

“是我，你最讨厌的坏女人。”

不可能！中元的身子僵硬在那里。

第四章

枯萎的“太阳”开始盛开

1

太阳升到半空中，恭实眯着眼自然醒了。很久没有睡上这样的好觉了。现在恭实的脸看上去就像高中时期的照片那样灿烂而又夺目。睁着恍恍惚惚的眼睛，深深地吸了一口气，伸了个懒腰，带着微笑侧了个身。

咦?! 中元怎么会在自己的身边。恭实还以为自己在做梦，微闭的眼睛，高高的鼻梁，性感的嘴唇，宽厚的胸膛，还有腹肌……

咦?! 自己的手还被他握着，恭实确定这是在梦里，她把手贴在自己的脸上，嗯哼哼～傻笑起来，说道："多么想跟这个男人睡觉，竟然做这种梦……"说着，动了动中元的手背。

"这样握着睡觉……连梦都这么安静。真是的，既然是做梦就该梦到个19禁什么的，就像姐姐说的那样，吸吸阳气该多好?! 嗯哼哼～"

这时，中元猛地睁开眼睛。恭实干脆配合梦境一般撒娇地说道："主君您醒了吗？嗯～一起多睡一会儿嘛，人家还没有睡够呢。"

恭实脸上露出幸福的微笑。半眯着眼睛望着中元。中元一下子把恭实拽向自己，吼道："主君？你现在是谁？是太恭实吗?"

恭实又往身上带了带握住的手，羞涩地答道："是呀～，咦？难道我不在做梦吗?"

中元一下子甩开恭实的手坐了起来，冷冷地说道："不错，你睁着眼睛也觉得是在做梦吧。对我来说睁开了眼睛更像是噩梦。所以……你不要到处尖叫耍疯，因为我们只是牵着手睡了一觉而已。"

"不过，这里是什么地方?"恭实一时间蒙住了，问道。

"这里是我的家。"

"社长您的家？哇哦！家很不错呢!"恭实看了看房间

感叹道。

中元看着恭实一点都没有惊讶的表情，更觉得不可理喻，说道：“好吗？就算不尖叫耍疯，至少‘我怎么会在这里！’带着疑问这个样子才算正常，不是吗？”中元学着女孩子的羞涩样子问道。

“虽然不是经常，但是偶尔还是会这样的。我之前还在公共墓地上醒来过，跟那时相比在这样不错的房间醒来算是幸运的。嗯哼哼！”恭实傻笑。

“当然，知道太阳你有些不太正常，还有一些阴险，但是这样随便睡在什么地方都没关系吗？”中元更加无法理解。

“虽然鬼有时很恐怖，但有时也会帮助我。比如看到坏人的时候会告诉我，而且还会把他们吓跑。社长，您现在是在关心我吗？”恭实忍不住笑出声反问道。

“不是关心你，而是担心那些看到你后惊慌的人们，在公共墓地上披头散发地冒出来，你想想他们会怎么样？”

想想也是，那次在公共墓地上睡着后灰扑扑的醒来时，前来祭拜的人看见她后都魂飞魄散地跑掉了，现在想想有些不好意思。恭实带着歉意回答道：“是被吓跑了，哎呦～社长您没事吧？”恭实做出一副不忍心的样子。

“现在才开始担心吗？我也完全被吓到了。”中元故意学着惊慌的样子回答道。

恭实看了看床,有些安心地问道:“我不是安静地睡在床上吗?”

“多亏你,昨天我的家里来了很多客人。”中元想想昨晚的事情愤愤地回答道。

想想昨晚的恭实,真是糟糕透顶。有时像个婴儿般坐在地上哭求着要妈妈;有时绕着沙发跳起了芭蕾舞,还用法语叽里咕噜地说着什么;还有,最精彩的是在床上,像狗一样冲着中元狂吼,最后接住了中元扔过去的靠枕,疯狂地撕咬。

中元把已经千疮百孔的靠枕扔给恭实,继续回答道:“你昨晚喝醉后变成狗了。”

“狗?我变成狗了吗?”恭实自己也感到不可思议。

“看咬东西的架势,不像是吉娃娃一样的小犬,更像是西伯利亚雪橇犬程度的大型犬。”中元形象地描述着当时的情景。

“我昨天没有喝酒,怎么会变成狗呢?难道是我太困了?!”

“只有抓着你才能安静一会儿,所以仅仅是抓着手睡着了而已。”中元解释着,指了指恭实的头,做着手势,问道:“不过你并不仅仅能看见和听到什么,有时那个东西还在你的身体里进进出出的是吗?”

“如果我完全放松警惕,偶尔会那样。所以不能放心地睡觉,一直以来都担惊受怕地活着。”恭实点点头,委屈地回答道。

“所以每天一副熊猫眼,看着像鼻青脸肿的样子吗?”中元有点理解般问道。

“但是昨天晚上……或许是因为睡在社长您的身边的原因,睡得很好。嗯哼哼~昨晚真的很好~!嗯哼哼~”

中元本能地往后退了退,回答道:“我很不好,昨天你只是狗恭实,狗-恭-实!”

昨天到底是怎么回事儿啊?明明是一起去聚餐,期间头很痛很晕,就跑了出来……啊~想起来了,跑出来后在KINGDOM门口看见了等车的中元,还看到了旁边的车熙珠。后来跟车熙珠相互对望了一会儿,之后就什么也想不起来了。恭实回忆着说道:“我看见你身边的女人了,然后我就不省人事……昨天您是不是见到车熙珠了?我是不是变成车熙珠后来找您了,是吗?”

中元没有回答,脑子里浮现昨晚的那一幕……

“是我,你讨厌的女人。”恭实完全被附体,变成了车熙珠说道:“你讨厌我这么长时间,该有多痛苦!你曾经是那么喜欢我,爱我那么深,背叛的创伤该有多深。因为害怕,至今你还无法忘记是吗?”

中元脑子里浮现起那不想回忆的过去的一幕幕画面……

在昏暗的仓库内,走到中元跟前喊自己“朱中元”的她,在燃烧的车里悲痛地望着中元的她;还有伴随着爆炸声消失的她。

中元回过神,默默地回答:“你那样死掉了,所以我都没还你什么。太丢人了,所以也没说是被你骗了。因此,你成为了我初恋的诅咒。你既然来了,就把这个诅咒解除后带走吧?!”

“中元,我并没有骗你。我真的喜欢你,我希望你能变回原来的样子。”

“我想找的是和你在一起的那个犯人,要找的还有丢失的钱。我的钱在哪里?如果把那个找到,我可以干干净净地忘掉这一切,那该死的诅咒或许会解除吧。”

中元冰冷地说着,唯有这样他才能忍得住激动的泪水。

车熙珠伸出手指轻轻地抚摸着中元的脸庞,缓缓地说道:“我爱你……”

碰到中元的一瞬间,车熙珠的灵魂从恭实的身体里飞出去，恭实整个人瘫倒在中元的怀里。中元轻轻地拥住了怀里的恭实。

在房间内，中元冰冷地说道："说了些没有用的东西后，她就消失了。"

"不管怎样，还是见到了你最想见到的人啊。"恭实有些欣慰地说道。

"你说过你想待在我旁边吧？我想把你留在我的身边，因为我突然发现了把你留在我身边的价值。"

"是我吗？价值有多少啊？"恭实兴奋地问道。

"100亿！"

恭实吃惊地瞪大了眼睛。

"丢失的100亿在哪里只有熙珠知道，能跟熙珠接触的也只有你，所以要把你留在身边。"中元看了看恭实回答道。

"什么嘛？原来是因为钱才留着我啊！"

"我是为了得到我想要的东西，来提供你想得到东西而已。你不是说我是你的防空洞吗？那你就是我的雷达，你把雷达好好转转，通过熙珠把我的钱找到。我也会为你敞开防空洞的大门。你不想做吗？"中元得意地说道。

恭实听到要敞开防空洞的大门，开心得不得了，心想："需要的时候可以随便摸摸，这种机会不能丢掉！"恭实伸出两只手指,做出一副天线的模样,欢快地回答道:“我做!我做雷达!”

“那么,把这个雷达放在哪里好呢,肯定要设置在我的周边……”中元想了想。

恭实倒是想到一个绝妙的位置,不知道他会不会这样安排,便问道:“就是那个秘书,金秘书的旁边可以吗?”

“秘书?秘书是我的脸,就你那副德行还想坐在秘书办公室吗?”中元嘲笑着回答。

恭实抓起自己的头发闻了闻,又问道:“好好洗洗不就行了吗?”

“光洗洗头发是不够的,还需要转动脑子才行。你知道金秘书担任着多么重要的位置,工作有多难吗?”

“我出事故之前学习也很好。出了事故之后晚上睡不着觉,也学了些外语,像我这样当秘书,应该可以吧……”恭实自信满满地回答。

“啊~昨天晚上好像来了法国女人,用法语叽里呱啦的?!哼!别做梦了,先留在保洁部吧!我会考虑你的位置。”中元冷冷地说道。

恭实觉得有点可惜地点了点头。

2

"太恭实,太恭实!"

阁楼上姜宇在敲着恭实的房门。姜宇见无人应答,顺手拽了一下手把,咦?! 门没有锁。姜宇看了看四周无人,小心翼翼地推门而入。

进了房间,姜宇犀利地注视着周围。屋里到处是十字架、佛像、大蒜、香草等物品,好比古董店里的陈列般到处是古怪的东西。姜宇更加怀疑起这个女人的真实身份。

不过桌面上堆满了各种外语书籍,看来还是挺有实力的。姜宇的目光停留在桌面上摆放的相册上,里面有2003年度韩国大学入学典礼的照片,恭丽和恭实手中捧着鲜花。难道真的是名门大学的毕业生?上面还有一些恭实穿着网球服的照片,还有跟朋友们在画架前画画的照片,还有跟着志愿者队伍在非洲留影等的照片,看起来跟现在的恭实截然不同。姜宇拿起手机开始拍照,翻到太伊玲的照片时,姜宇停顿了一下。原来两个人是同学吗?

姜宇有些无法理解,毕业于名门大学,又有那么多的朋友,看起来能力出众的她为什么变成现在这个样子?到底出了什么事情？恭实的身份更加扑朔迷离。

姜宇小心地处理好自己留下的痕迹，轻声地关了门。一转身看见承穆和承俊站在身后，一时尴尬地不知怎么办才好……

美容室里太伊玲正对着刚刚涂了指甲油的手指“呼呼”地吹着，说道：“下次再见到太恭实，我一定要装作认识啊。”

“又是在说你那位同学吗？你很在意她是吗？”经纪人问道。

“当然在意了，高中的时候，大家都说她是大太阳我是小太阳，因为这个高中三年时间里知道我有多伤自尊吗？”伊玲仍有些不服气地说道。

“现在太伊玲是大太阳呢，别因为过去的事情抱有自卑感啦。”

“什么自卑感？从来就没有过。”伊玲照着镜子里的自己，装出一副自信的表情。虽然嘴上这么说，内心深处还是不免为了学生时期的自卑感而苦恼。伊玲决定要向恭实好好展示一下自己，让她知道自己现在是大太阳。

“哦？那个不是电影明星金喜珍吗？”经纪人指着进来的女人小声地问道。不错，就是那个金喜珍。虽然 30 多岁看上去还是那么苗条，皮肤也很白皙，真不愧是女明星。她正对着镜子来回照着自己,自我陶醉着。她的身边有个鬼魂在她的耳边轻声说着些什么。

“化妆浓了点,可能是整容了吧?”经纪人对着伊玲的耳朵说道:“整容了又怎样? 比起她来还不是我漂亮,哼!”伊玲也对着镜子照来照去,满意地笑着回答道。

这时,那个鬼魂听到伊玲的话,飘向伊玲这边来。双手搭在伊玲的肩上,在她的耳边蛊惑道:“你……最……漂……亮!”

伊玲以为是幻觉,愣了一下,随后马上对着镜子,变了一个人似的说道:“那当然,是我最漂亮呢。怎么有点冷?空调是不是开得太大了呀?”

伊玲感到一丝冷气,颤了颤身子,把毯子往身上裹了裹。那个鬼魂贴着伊玲的脸,继续抚摸着伊玲的肩膀。

在中元的家里,恭实在保存着中元的手机号码,她解释道:“不是想给您打电话才要手机号码的,而是看着电话号码也会很安心,所以才要保存的。”

“对,安心就可以了,千万不要给我打电话。”

“发短信可以吗?”

“不要发,我不会看。”

恭实有些泄气,冷不丁想起什么,问道:“但是社长,你的身价真的值100亿吗?"

"怎么?你觉得不值吗?"

"不是,哇!就是太多了。"100亿?!也只能在好莱坞影片里才会出现的故事一般,恭实心想。

"那时的言论虽然有些夸张,但是以现在的价值而论已经不止100亿。"

"哼!我要是这样计算的话,也能值1000亿呢。"恭实扭捏地回答。中元不知道她在说什么,怀疑地看了一眼恭实。

"我不是出过事故吗,那时候我姐姐倾家荡产地救我,那个对我姐姐来说是可远不止1000亿的巨大资金。我好不容易醒来了,却又变成这个样子,真是太对不起姐姐了。躲在考试院内生活觉得自己很悲催……我虽然怕鬼,但是更怕活得像鬼一样的我。可是遇见社长真是太好了,对我的帮助很大。"恭实几乎哽咽着说道。

看着恭实可怜的样子,中元有些于心不忍地说道:"重新记一下电话号码,刚才那个是金秘书的号码。不过,再说一遍,用来安心就好了。没事别打电话,还有短信也别发。我真的不会看。"

恭实感到往常冰冷的中元,今天怎么对自己格外亲切。

中元隔壁那个别墅门前，正准备出去打高尔夫的程兰和石哲在等着车子，程兰问道："那次破坏伊玲婚礼的女孩子叫什么来着？好像是叫芳实还是尚实啊～是什么来着？忘记名字了，所以没能告诉伊玲。"

"是恭实，太－恭－实。老婆最近可能上了年纪了，有点健忘啊。"

程兰停下脚步，盯着石哲正色地问道："老公，你看着我眼睛说实话，你是不是担心我会得老年痴呆？"

石哲马上住嘴，怕事情搞大，急忙解释道："我是想过会烦，但是没有担心过你会那样。"

"我喜欢你老实，你要是对我阿谀奉承，我真的会伤心的。"程兰转眼笑了笑。

"不过老婆，我可以老老实实地说说你的侄子吗？"石哲试探性地说道。

"有传闻说中元对那个女的很特别……"

"上次说中元身边有鬼，这次又是芳实吗？你能不能不说这些不像话的东西啊～！"程兰打断了石哲的话题，说完转身上了车。

"不是芳实，是恭－实！"石哲强压住愤怒，一边勉强笑着更正，一边走到车子的另一侧刚要上车，发现从中元的家里赫然走出了一个熟悉的人影。哦?！那个女人…… 石哲急忙打着手势喊着程兰出来看看，不过等到程兰出来看的时候，恭实已经不见了。

“刚才明明是那个女人……”石哲怀疑自己的眼睛般嘟囔了一句。

“关于太恭实调查的资料我已经发送到您的邮箱。看起来不像是有问题的人……不过，我现在立场有点尴尬，不便继续接近她。”姜宇在跟谁通着电话。电话的另一头，是一个中年男子的声音，他是中元的父亲。

与大部分的父亲和儿子不同，尤其是在15年前的那场事故之后，中元和父亲的关系越来越远。父亲把中元安置在KINGDOM社长位置后，便远在西班牙搂着美女享受日光浴，但他从不忘打听中元身边的事情，看来还是在关心唯一的儿子。

考试院入口处，承穆和承俊坐在楼梯上吃着冰淇淋。这时，恭实回来看见他们，问道：“昨晚妈妈回来了吗？买了这么多好吃的？”

承穆拿出一个冰淇淋递给恭实回答道：“是404号房叔叔给买的，看上去人还不错。他说喜欢你，好好处处看吧！”

恭实吃了一口冰淇淋,听了承穆的话差点呛到,瞪大了眼睛。

“姐姐昨晚没有回来,他可能很担心你。他还在上面,上去看看吧。”承穆学着大人的口气说道。

恭实觉得不相信,真是新奇,居然有人会说喜欢自己,还是一个帅哥?!恭实兴奋地上了阁楼。404号喜欢我?怪不得让我和他一起下班,还一起打车回家,原来是因为喜欢我吗?我怎么没有想到,真是傻瓜……嗯哼哼!恭实又傻笑了一声,进了自己的房间。

3

在忙于休闲购物的人群中,恭实身穿工作服在那里清扫着。比以往不同,今天的心情看来很不错。恭实照着镜子,自言自语地说道:“难道真像姐姐说的那样,吸收了阳气吗?鬼也看见的少了,可能是因为睡得好,黑眼圈也少了很多哦!嗯哼哼!”

这时李翰洙和两名保安走过来,李翰洙递给恭实一瓶饮料,开口说道:“请喝饮料吧。那个……我叫李翰洙,李-翰-洙……同事之间只想多亲近一些,哈哈哈!”

其他两名保安也主动介绍着自己的名字,哈哈笑道。

恭实看着走过去的李翰洙他们,心想:“看来接触中元真的是对了,有人说喜欢自己,还有人想跟自己走得近些,如果每天都这样该有多好啊!”

“以后说不定跟主君怎样呢,要想发达的话要在王的后宫站好队。懂吗?”看着开心的恭实,李翰洙得意地对身边的保安吹嘘道。

这时,珍珠走过来对着李翰洙说道:“副社长叫你去见他。”

副社长办公室里,李翰洙像个犯人一样站在石哲的前面。

“我从来没有胡乱散布有关社长的谣言。”李翰洙胆怯地说道。

“你就说实话吧,朱社长和清扫工太恭实到底是什么关系?”

“那我……就如实说了吧。”李翰洙瞥了一眼石哲的表情,壮着胆说道:“太恭实第一次找来的时候我就在场……”

李翰洙把恭实第一次来 KINGDOM 时对中元说“在车里面麻酥酥的……”,在监控画面里看到他们在停车场拥抱在一起,还有在黛莉雅店铺门口发生的事情,像说童话故事一般讲给石哲听。

石哲的表情开始发生奇妙的变化，难道早上在中元的家门口看见的确实是太恭实？看来事情越来越有趣了。

李翰洙不明理由，担心怪罪自己，保证道："往后，对于高管的私生活我会闭口不谈的。"

"不不不，嘴巴是用来说话的，闭上怎么行。我发现你的观察力很好，记忆力也不错，不知道眼力见儿怎么样？"

面对石哲含有喻义的话语，李翰洙马上会意地改口笑道："往后我会成为副社长的眼睛、耳朵，还有扩音器。"

石哲用力拍了下李翰洙的肩膀，突然哈哈地大笑起来，李翰洙也跟着哈哈哈地笑起来。

石哲心想："社长和清扫工？有意思！"

"慈善晚会内容和贵宾名单已经录音了。"

奎道说着把资料和录音笔放在中元的面前，中元好像想到什么了，说道："金室长，准备一个工作职位。不要离我太远，但是不能太显眼，内容呢没什么太重要的，最好不要让别人随便看见的那种。"

奎道似乎明白什么，也没多问，笑着点了点头。跟了社长这么长时间，通过中元的一个手势或一个表情他就能读懂是什么意思。

身穿工作服的恭实发现远处的姜宇，急忙拿出小镜子照着脸，不知怎么心跳加速，脸也开始羞红。这时，有个人拍了一下自己的肩膀。是姜宇吗？恭实高兴地转过身，咦?！原来是太伊玲。

伊玲看上去打扮得有些过于妖艳，可是恭实看到的不是伊玲，而是躲在伊玲身后的长头发的鬼魂。但从鬼魂的样貌来看，可不是一般的鬼魂。吓得恭实马上低下了头，不敢往前看。

“喂！太恭实，你故意不想见我吗？看见我不高兴吗？你怎么了？看着我！”伊玲堂堂地站着问道。

恭实也不知道怎么跟伊玲讲，这时那个长发鬼魂正望着恭实，用威胁的眼神咧嘴笑着。恭实吓得扭头就跑，连迎面走来的姜宇也被她撞到了一边。

“什么啊？她是因为丢脸才逃跑的吗？也是，跟现在的我相比，那样也正常。哼！”伊玲得意地笑道。想到在姜宇面前这样表现，伊玲更加痛快。

姜宇有些担心恭实，急忙想追，结果被伊玲一把拽住。

“你跟她很亲吗？你跟我找个地方好好聊聊。我想知道她是如何生活的。”

“跟我亲的人不愿跟她不喜欢的人说话……我也一

样。"姜宇的回绝使伊玲无法理解,不甘心地问道:"连我也是吗?你还能有跟我这样美丽的女孩子一起吃饭的机会吗?"

"如果说是很美丽的女人的话,我会考虑,不过你好像不是。"姜宇说自己不美丽的话,狠狠地伤了伊玲的自尊,她愤怒的脸涨得通红。

这时,那个长头发鬼魂又在伊玲的耳边蛊惑着什么,伊玲拿起小镜子左右照着自己,对经纪人说道:"稍微动一下,是不是能更美丽呢?走,要重新去化个妆。"

经纪人不安地看了一眼伊玲,无奈地跟了上去。

恭实坐在中元办公室的门前。让伊玲看见自己奇怪的样子,她心里很难受,连喜欢自己的姜宇也看见了,以后他还会喜欢自己吗?世上的事情往往不随人意啊。这时,有个身影出现在自己的身后。原来是社长,恭实开心地站了起来,说道:"看见了伊玲,不过她的身边有个可怕的东西,所以逃到这里来了。"

"所以害怕地蹲坐在这里吗?"

"其实,也是因为丢脸才这样的。"

"丢脸?在公共墓地升起的太阳也觉得丢脸?这跟我有什么关系?"

恭实想想也是,看见鬼的时候,还有光着脚套着抽纸盒的时候,头也不洗像个疯子自言自语的时候也没有想到过丢脸。恭实摇了摇头,说道:“以前不管怎么样也没有想过丢脸,可是现在有了喘息的地方,也开始感到丢脸了,嗯哼哼!”

“祝贺你找到了羞耻心,但是为什么要跟我说这些?”

“因为社长这里就是我可以喘息的地方,嗯哼哼~”不管中元怎么生气都无所谓,因为中元对自己来说就像是救命的氧气瓶,是让自己的生活可以变得美好的空气净化器。恭实想到了什么似的,哀求地说道:“社长想见到的熙珠的鬼魂,我一定会找到的。一定!”

“你去做你的清扫工作吧,记住,你还是清扫工。还有我让你滚,你还赖着不走就是疯狗的行为,如果找到羞耻心的话,这次我让你走,你就应该悄无声息地滚蛋。出去!”

“是。”恭实点了点头,走开了。

下班的路上,看见恭实在前面,姜宇加快了脚步。不过,恭实像碰到了墙一般,转了一下身子绕着走过去。姜宇奇怪地跟在她的后面。

恭实走走停停,有时还来回交叉着走路,这回干脆没有走回家的路,反而向相反方向跑去。姜宇更加奇怪,继续跟在后面。

恭实跌跌撞撞终于到了考试院,对女房东问道:“大婶,超市老奶奶去世了吗?”

“是啊,今天早上去世的。”

怪不得,刚才她一直在跟着自己。

“太阳,今天是分离垃圾的日子。换上衣服下来把垃圾箱清理干净吧。”

垃圾回收箱里堆满了垃圾,恭实无力地回答后上了楼。这时,跟着进来的姜宇听见了,望着恭实的背影,感觉她很劳累的样子。姜宇很想知道她到底为什么这样劳累,拎着回收箱往外走去。

姜宇整理完垃圾,拍了拍手上的灰尘,走回自己的房间。这时,恭实换上清洁服下了楼,纳闷地看着收拾干净的垃圾回收箱。哦?是谁做的?这时,恭实看见超市老奶奶的鬼魂坐在那里,看样子今晚又不能睡觉了。

4

在中元的办公室里,恭实哀求着中元。

“什么?你想让我在这里跟你睡觉?”

“只抓住手睡觉,就在那个沙发上一会儿也行……昨晚去世的超市老奶奶缠了我一个晚上。”恭实苦求道。

“防空洞是什么旅馆吗? 让你摸我,只是不让你被鬼吓得晕死过去而已。我可不想成为让你舒舒服服抱着睡觉的熊娃娃。”

恭实猜想肯定又是这样,虽然没有很大的期待,但还是有些失望,说道:“那天晚上真的很好……”

“如果怀念那个晚上的话,就去找到熙珠,也把我的钱找到,那样我或许答应你一次……”中元说着伸出手,逗着恭实。

恭实渴望地看着中元的手,情不自禁地想去抓住,中元“嗖”的一下,缩回了手。

“我也想见到她,但是她一直不出现。一般鬼会在自己死去的地方出现的,要不去一次那里?”

“金室长知道在哪里,你去问问他,然后去一次吧。”中元可不愿去,也不想知道。

“犯人要求的赎金是宝石!”

恭实坐在秘书室,竖着耳朵听奎道讲15年前的故事。

15年前,中元和车熙珠双双被绑架。犯人把中元关在仓库内,利用车熙珠去拿赎金。他们要求的不是现金,而是宝石!那是中元母亲遗物中的首饰品。犯人每隔30分钟用电话向外界确认中元还活着,当时中元被绑在椅子上,每隔30分钟按犯人要求对着电话朗读桌上的书。当时对中元的打击很大,所以到现在还有很大的心理创伤。不管怎样,最终犯人得到了赎金放了中元,不过车熙珠被当做人质挟持,跟着逃跑的犯人在一起。犯人的车子在躲避警车追赶时,迎面撞上货车,飞出护栏翻了过去。犯人逃跑了,而车熙珠没能从车里出来,在爆炸中死去了。

"啊!原来是这样啊!经历了那样的事,肯定不想再回到那里去了。记着那些事情也很难过吧!"恭实听着奎道的回忆,同情地点了点头。

中元注视着纷纷扰扰的购物中心内部在思考着什么。这时,眼前出现了打扮得妖艳无比,头上还带着奇怪的装饰花的太伊玲大摇大摆地走进KINGDOM大厅。让人知道这就是KINGDOM聘请的形象代言人,肯定笑掉大牙。中元厌烦地看了一眼后走向餐厅。想到并不开心的晚餐约定,他的心情更是不快。

用餐中的程兰看着中元说道："这次的慈善活动中，我特别帮你安排了几个女孩子，一定要跟她们聊十分钟以上。"

"不用强求的吧，朱社长最近还有特殊的人陪着呢？"石哲在一旁啰嗦道。

程兰瞥了一眼石哲，说道："你又在说那个清扫工叫什么芳实的女孩子吗？"

"不是芳实，是……"石哲刚要去更正，中元抢着说道："是恭实，太恭实。算是最近在我身边的亲信吧。"

程兰有些疑惑地问道："为什么要把清扫工放在身边呢？"

"朱社长喜欢干净，可以叫她来打扫车子，打扫办公室，还可以叫到家里来打扫。"石哲自以为是地抢先回答道。

"是的，用车接过，也叫到过办公室，而且还来过我的家里。可是叫她过来不是为了打扫。"

不像平时中元的作风，程兰有些怀疑地看着中元。

"我知道您在想什么，但是我们之间的关系比那个要刺激得多，而且以后也是，想继续留她在身边。"

"你说的意思是，要结婚吗？"程兰感到事态严重，瞪大眼睛问道。相反，石哲却以为这是好事一般，笑了笑。因为那样的话，对付中元更加容易一些了。

“当然不是,而且她也不是那个意思。她渴望的只是我的身体而已。说好了只做一些没有意义的接触就可以了。”中元看了看自己的手回答道。

石哲和程兰都被中元唐突的言语吓到,愣在那里,石哲不相信地问道:“难道,只是为了享受吗?公司那么多人在看着呢?”

“我会把她安排到不起眼的地方,至于谣言还是请比我见多识广的副社长来处理吧。还有,到底是金长官的大女儿还是石英集团的三女儿的问题,就由姑姑看着办吧。我的婚姻可不能像姑姑这样吧?!”

中元痛快地说完后,便借口有事先行离开了座位。

石哲恨得咬紧嘴唇,心想:“等着瞧朱中元,我一定要看看你被那个女人迷住而不能自拔的惨相,”程兰反而安心起来,这样或许鬼魂附体的谣言会自动消失吧。

中元远远地看着清扫中的恭实。

恭实在擦着玻璃,可能又看见了什么,一会儿露出受到惊吓的表情,一会儿又对着窗户挥舞着手。中元在一旁静静地看着,心想:“我和这个女人难道只是一些没有意义的接触吗?不行,只想着钱吧,那个女人能帮我找回我的钱。她可是价值100亿的雷达,100亿呢。没错,雷达可是很贵的。没事~没事!”

中元安慰着控制住自己的情绪,走到恭实的跟前,拍了一下恭实的肩膀。

“你好,100亿的雷达。”

恭实先是一惊,转而不知道中元在说什么,看了看他。

“这样叫你,我才会觉得不吃亏。”

虽然不怎么高兴,不过知道自己的价值,恭实还是觉得欣慰,问道:“找雷达干什么?车熙珠还没有出现呢。”

“你不是说太伊玲身边有什么东西吗?”

“她是我这里的模特,但好像变成狗了。去帮我看看是不是那个原因。”

“你让我见伊玲吗?她身边可是有很可怕的东西呢!”恭实害怕地说道。

“我会在附近的,如果害怕就跑过来找我!”

恭实不愿意地摇了摇头。

“你说实话,其实不是因为怕鬼,而是因为怕这副样子被她看到,感觉丢人才不想去吧?”

“伊玲她完全是为了嘲笑我才来找我的,没必要主动跑过去被她鄙视加嘲笑吧?”

“好了,可以了,那你别去。”中元说道。

“社长或许不相信,其实我以前真的很不错的。我是大太阳，她是小太阳的。”恭实略带自信的表情说道。

“是吗？但是在我看来，就像是因为害怕而枯萎的‘太阳’。”

恭实很伤心，不过以前的大太阳，现在的确枯萎了，这是事实！

下班后的恭实，低着头站在人行横道前等着红绿灯。真的像一个枯萎了的“太阳”一般，看起来有气无力。为什么这样？为什么变成这个样子……恭实的想法多了起来。

“是因为想的事情太多，所以绕远路回家吗？”

原来是姜宇，恭实因为上次的事情，有些不好意思地看着姜宇。

“见到太伊玲的时候，为什么要那样？连眼睛都不敢看，直接就跑掉了。”姜宇关切地问道。

“那时候我很奇怪吧，当时其实是有其他的理由，可是现在避开她是因为丢人。我跟她比差太多了，不是吗？”

“我看不像是因为太伊玲，而是因为当年那么耀眼过的太恭实，不是吗？”

恭实听了有些惊讶，他怎么知道……

“我为了知道这些，还给孩子们买了冰淇淋呢！”姜宇解释道，看着泄气的恭实，姜宇继续鼓励她，“不要跟以前的自己过不去，我很尊敬的一位长辈说过：‘不要跟过去的自己比,期待未来的自己,还有爱惜现在的自己。'"

"那位长辈可真了不起。"恭实感激地回答道。

"话虽然这么说,但是过去的太恭实太耀眼了,我都感觉有压力了。所以我们还是要爱惜现在,期待未来,继续活下去吧。"

"绿灯了,今天我们直接走吧。"姜宇轻轻地抓了一下恭实的手,率先走了过去。

是啊!不要想过去的事情,往后会越来越好的。枯萎的"太阳"开始要盛开了!

5

KINGDOM 慈善酒会在宴会大厅举行,身穿西装和礼服的贵宾络绎不绝。程兰和石哲也在其中忙着招呼客人,中元正和金长官的女儿谈着话。入口处,恭实在四处望着,好像在找什么人。这时,太伊玲出现在大厅里。她头戴孔雀羽毛般的装饰,浓妆艳抹,穿着华丽的服装。所有人都用异样的眼神望着她,她的身后,那个长头发的鬼魂依然跟着。

恭实担心地看着她,自言自语地说道:"看来伊玲现在挺严重了呢。"

这时，在不远处的石哲发现了这边的恭实，脸上闪出一道阴险的笑容，领着珍珠走过来，说道："你是在这里清扫的职员吗？"

恭实点了点头。

"太好了，现在内部举办活动的服务生不够，能帮个忙吗？"

恭实不知什么原因，胆怯地又点了点头。

恭实穿着制服，跟着珍珠走进宴会大厅。恭实对这样的场所有些陌生，但还是按照珍珠的安排，站在了指定位置。

这时，恭实发现不远处的伊玲，她的身后依然站着那个长头发鬼魂。周边的人都在嘲笑般地指着她议论着。

恭实原本想当做没看见，可还是硬着头皮，轻轻地走了过去。伊玲发现是恭实，先开口道："太恭实？"

"伊玲，我实在是无法看下去，不想事情变成这样。所以听了我的话不要觉得不高兴。'你最漂亮'这句话不要再听下去了，不要被'变得更漂亮'的话欺骗，那样只能让你自己更加难堪。所以不要去听别人的话，看着你自己，那你就不会再觉得冷了，知道了吧！我走了啊！"没等伊玲说话，生怕鬼魂跟来的恭实向一边跑掉了。

"她这是算什么，太恭实她现在是当着我的面教育我吗？我今天很完美！”

伊玲冷哼一声，继续拿起小镜子照着。这时，其他的模特们正在一边嘲笑着伊玲，其中一个模特神气地嘲笑伊玲说自己比她漂亮百倍。站在伊玲身后的鬼魂听到了，“嗖～”地向说话的女模特飘了过去。伊玲突然像从催眠中苏醒一般，抖了下身子，定下神再看看自己的模样，不可置信地看着自己身上的羽毛披风，愤怒地扯掉后离开了座位。

恭实跑到一个角落，观察着是不是有什么东西在跟着。确定没有后，才长长地舒了一口气。这时，中元从身边出现，拍了一下恭实的肩膀。

“哦～社长您怎么在这里？”

“这里是我的 KINGDOM，是我的活动，我在这里是理所当然的。你在这里才是奇怪，是因为太伊玲，所以打扮成这个样子吗？”

“让我过来帮忙，所以才进来的。因为伊玲在，所以告诉她了。要是早知道社长在这里，就叫你待在我身边好了。刚才我很害怕。”

“不是说她晦气吗？为什么还帮她？一点骨气也没有吗？”

“我只是看到鬼才没有羞耻心，也没有自尊心和骨气，但是决定爱惜现在的太阳了。那么,我去干活了。”

“太阳,插上雷达吧,一会儿 GIANT 卖场的社长会来,那个家伙很狡猾,看他提前了竣工仪式,肯定有什么阴谋。要是他身边有鬼的话,一定不要放过,继续追问吧。”

“鬼不会因为我问就什么都告诉我。”

突然想起什么,恭实在中元的耳边低声说着,原来金长官家的大女儿身边也有个鬼魂。中元惊了一下,拍了拍恭实的肩膀,称赞道:“真的吗?差点出了大事,我还跟她讲了近 20 分钟的话。你做得很好!”

远处观察安保情况的姜宇看到中元和恭实,看着两个人过于亲密的样子,眉头紧锁起来。

石哲和程兰也在看着他们,石哲埋怨中元在公开场合与恭实有些过分亲密,而程兰却庆幸中元身边的鬼魂这次将彻底完蛋。

这时,回到宴会大厅的伊玲也看见恭实和中元,有些不快地自言自语道:“两个人到底是什么关系?”

唯有奎道知道中元和恭实的关系,他很自然地走过去,说道:“GINAT 卖场的社长参加活动之前,要求单独见见主君。”

中元的表情阴沉了下来,这个人到底想从我这里打探什么?说道:“他不可能会知道我有 100 亿的雷达吧,到了的话,就请他到我的办公室里吧。太阳,跟着我。”

恭实跟着中元刚进办公室,放在桌子上的台历突然掉在了地上。中元惊了一下,看着恭实的眼色。恭实看了看四周,说道:“什么也没有,好像只是掉下来了而已,你以为熙珠在是吗?”

中元没有回答。

“说是昂贵的雷达,但是没有看到车熙珠,对不起。”

“你看到鬼的话,他们也会说完自己的话就消失吗?”

恭实点了点头。

“那么,车熙珠也有可能说完了自己的话,就完全消失了?如果光说完自己要说的话就消失,我就无法原谅她。”

中元的表情复杂起来,恭实想:“这个人的自责感很强啊,肯定很痛苦……怎么能安慰一下他呢?不然跟他撒个谎?那样或许能安慰一下他。”恭实想到了好办法,带着有些于心不忍的样子说道:“社长,我刚想起一件事情,之前看到车熙珠后晕了过去,现在才想起来熙珠小姐说过的话。”

“她说过什么吗?”

“我当时因为迷糊,只是偶然听到的,在社长身边她说她不会抱怨你。说没有关系,她不埋怨社长。好像是说让你不要再为她伤心。”

“她真的是那么说的吗？”中元的表情越来越冰冷。

“是的，应该是那样。”虽然是谎言，但是感觉中元有些相信，恭实用更加肯定的表情答道：“说是如果被过去的自己牵绊住了，就不能期待未来，说是要珍惜现在的自己。所以，社长也不要再为当时的事情而困扰，不要再伤心了。”

恭实把姜宇跟自己说过的话，很巧妙地套用在中元身上，有些得意起来。

“车熙珠说她不抱怨我……太恭实，你别撒谎！”中元的表情很不一般，恭实感到有些迷茫。中元的语气越来越激动，说道：“你绝对不会听到这样的话，她也绝对不会说这样的话！像是在帮晦气的朋友一样，现在来安慰我吗？”

恭实察觉到自己的谎言被揭穿，惊慌地不知如何回答，支支吾吾起来。

“出去！”

“我叫你出去！”

“如果不是疯狗，说让你‘滚’就应该给我滚出去！”中元极度生气地嘶喊道。

看来这个人真的生气了，我的本意其实不是这样的，恭实委屈地说道：“对不起，我只是想象您给我喘息的地方一样，也想给您一个喘息的地方而已。对不起！”

恭实眼里充满泪花，强忍着眼泪，委屈地跑了出去。

跑出中元的办公室，恭实强忍的泪水“哗”地一下涌了出来。原本想安慰他，结果自己好像犯了一个严重的错误。明明刚才还说自己是昂贵的雷达，看来自己又成了枯萎的“太阳”，想想更加让她伤心欲绝。

恭实抽泣着走出了KINGDOM，全身无力地走着，就像泄了气的皮球，难道枯萎的“太阳”就是她现在的这个样子吗？原本想让枯萎的“太阳”重新盛开来着…… 恭实的眼泪“滴答滴答”地掉个不停。

突然，在她的眼前，一辆消防车鸣着笛停下了。

坐在办公室里的中元感到有些凄凉，看来刚才的气还没有完全消除。这时，奎道手里拿着中元落在宴会厅里的手机走了进来，说道：“GIANT卖场的社长说是会晚一点到，因为附近出了一场很大的交通事故，堵车过不来。”

“事故？”

“是的，通过交通快讯来看，死了很多人，好像是出了一场大事故。”奎道打开自己的手机说道。

“这附近死了很多人？”中元想起刚才哭着跑出去的恭实沉思起来。

"我的电话里有未接来电吗?"

奎道摇了摇头。中元看着桌上自己的手机在想:太恭实,不会是在害怕想打电话却不敢打?但是也不便先打过去,中元有些为难。奎道问道:"要不我打个电话啊?"

中元看了看奎道,奎道马上会意地说道:"我马上给 GIANT 卖场社长打个电话!"

"为何要给他打电话?"中元冷不丁问道。

"您担心的不是 GIANT 卖场社长吗?"奎道停顿了片刻,装作奇怪地问道。

中元虽然感激知道却不漏声色的奎道,但是现在他更担心的是恭实。刚才自己是不是有些过分了……本来不应该那样的。

恭实停下脚步,不安地望着前方。不时地传来消防车的警报声和人们的议论声:"那里死了好多人……"恭实的脸上一片茫然,浑身冒着冷汗,想逃跑但脚却不听使唤,一动不动地定在那里。眼前到处是飞散的鬼魂的哭嚎声,看见从肇事的车辆里满脸是血的鬼魂一个一个地爬出来,恭实害怕极了,想躲都没地方躲,她的身子不停地发抖,好像枯萎的"太阳"马上就要完全消失了一般,就这样死掉吗?恭实慢慢地闭上了眼睛……

这时隐隐感觉身后有个东西在向自己慢慢地靠近，恭实想终于来了。躲是躲不掉了，恭实低着头慢慢地睁开了眼睛，她不敢抬头缓缓地转过身子……

这时，有个熟悉的声音传来：“防空洞来了，藏起来吧。”

中元长长的手臂猛然抱住了发抖的恭实，恭实耳边的警报声、哭嚎声都慢慢地消失了，依偎在中元的怀里，世界变得那么的安静……

第五章

太阳升起的地方

1

中元握着恭实的手走着，这里是距事故现场较远的一个公园。中元觉得已经离事故现场很远了，就停下了脚步。看样子是没有跟来的鬼魂，于是轻轻地松了松手，没想到恭实“嗯哼哼～”地抓住了中元的胳膊，傻笑道。恭实也不知怎么，总想摸这个男人。

“我可不是随便被人说抓就抓的廉价的虾条。”

“当然了，您可是非常昂贵的社长啊。还有，我以为你会大发脾气，再也不让我碰你了呢。这样帮助我，真的谢谢社长。”

“我可是把你的身价抬得很高，不是昂贵的东西我是不会生气的。”

“是啊，我可是能看出100亿鬼魂的雷达啊。”

“正直的雷达就值100亿，如果你再敢说谎，到时候你就值零元。届时你就会被悲惨地赶出去。”

“是，对不起。我只不过想让社长安心一些而已……”

“也不要安慰我，我想得到的是能找到车熙珠的你的第六感而已。”

“明白了，是我昏头了。以后我只会用你希望的第六感，绝对不会再说其他的了。”

“明天开始正式上班吧。我已经找到了安置你的地方。”

“真的吗？我每次都是因为鬼才被炒鱿鱼的，我真的没有想到因为这个还能找到工作。真的谢谢您，社长。我以后一定会认真地找鬼的。”

“防空洞也在附近，你好好发挥一下你的能力。”

“是，我一定会好好努力。可是薪水……不会是我这么一碰就抵消了吧？”

“抓一次手10万，像刚才那样拥抱一次100万，你这个月的薪水已经被扣完了。”

“等等,那是不太……”恭实着急地又抓住中元的胳膊,听到中元瞪着自己喊“十万”,马上又松开了手。

“是让你以后注意一下,不要总是没事就碰我,不然你以后就别想拿到薪水。你要慎重,要在真的到了快要没命的时候用,要精打细算。”

哼！还说不会生气呢,贵得要命~！恭实小声嘟囔着。

“发牢骚也没用,我是在这个世界上你需要的唯一的一个人,再怎么昂贵也不能拒绝的独一无二的完整体。”

“是啊,要是这样说的话,我也是对你来说唯一的一个人哦,是能跟车熙珠联系的唯一的一个人,不是吗?”

“你要是没有我的话会害怕得要死,不是吗?”

恭实点了点头,因为这样他才是对自己来说是特别的人。

“我要是没有你的话……仅仅是有点遗憾而已的程度。”中元故意拉着长音,逗着恭实。

哼！就知道他这样,每次都是！

“GIANT 卖场社长等不及先回去了,出了什么重要的事吗?”回到办公室,奎道迎上来说道。

“其实也不是什么重要的事情,但是对她不闻不问还是有些不妥,虽然没什么用途,还是决定留着用,挺烦的。”

中元如实的回答,奎道早就猜出来他去了哪里,跟谁在一起,还有为什么去的。

“太阳不会一直在社长的身边。”

中元奇怪地看着奎道。奎道说道:“太阳曾经跟我讲过,因为有了您她才有勇气出来跟人们一起交流,还可以工作,又遇到了不少好人。这样时间久了以后可以不用再依靠您自由生活。”

“现在的太阳需要跟着社长,可是她在逐渐强大起来,恋爱了以后,就不会继续烦你了。您的作用完成后,太阳也会毫不留恋地走开的。”奎道担心地提醒道。

作用?又不是什么太阳能电池,她用完了就想抛弃我吗?听着让人有些别扭!

阁楼上,恭实在房间里抱着娃娃学着中元的样子:“防空洞来了,藏起来吧。”嗯哼哼!那时简直太帅了。恭实用力抱着娃娃,在脸上蹭来蹭去。突然她坐起来,扇了一下娃娃的脸,自言自语的正色道:“哼!社长是喜欢你才抱你的吗?是为了赶跑鬼才抱你的!怎么会有这种淫荡的想法,小心弄丢防空洞!不过,是人的话那时都会有些心动啊!不是说能看见鬼就成了鬼嘛~今天来个特别的,1000 万抱你一下。”

恭实抱着娃娃倒在床上傻笑着："100万，200万，300万……鬼啊～到一边去吧～"恭实开心地在床上滚来滚去。

2

"昨晚活动中没有可疑的人，按照您的指示也盯着太恭实了。"

姜宇在考试院前面的胡同里，跟中元的父亲汇报着情况。这时，姜宇看见恭实打扮得很端庄地走出大门。恭实今天的心情格外好，脚步也轻松起来。

姜宇急忙挂了电话跟了上去。

恭实在路上又看见了那个坐在摇椅上的青少年鬼魂，而且前几天还跟她到咖啡厅里。本来今天心情很好，偏偏又碰上鬼魂。恭实挥舞着手喊道："别跟来，求求你走开啦！"

这时，姜宇马上赶到她身边，问道："怎么了？是谁？往那边去了是吗？"

姜宇说完向恭实刚才说话的方向飞快地追了过去。

恭实身边站着刚才的青少年鬼魂，他在冲着姜宇追去的方向笑着，恭实无可奈何地说道："知道啦，一会儿到咖啡厅里,我给你买,行了吧？别跟来啊～"

恭实打发了青少年鬼魂后,急忙跟了上去。姜宇跑到岔路口,两边都没发现可疑的人,这时恭实赶到姜宇身边。

"可能是跑了,刚才是谁？流氓吗？还是小偷?"姜宇问道。

恭实一时不知如何回答,迟疑了片刻回答道:"没什么事,别放在心上。"

"承穆他们说有可怕的东西一直在追你,是吗?"姜宇又问。

糟糕！让他知道了就不好了,恭实一边想以后在这两个小东西面前可要小心说话才行,一边冲着姜宇勉强地笑了笑。

"之前也觉得有些可疑,看见你经常东张西望的,连回家的路也绕一大圈走,对吧?"姜宇想起那天的事,关切地问道。

怎么办？肯定是察觉到了,也是,察觉不到才怪呢,恭实低下头去没有做声。

"太恭实,你是不是……借高利贷了？追着你的可怕的东西是追债的吗?"姜宇还是怀疑地追问。

哦～看来他还是不知道。恭实心想:"虽然说谎不好,但要是实话告诉他,他肯定吓得晕过去。怎么跟他说好呢?”恭实苦恼着,终于开了口:“那是像……鬼……魂一样跟着我的变态,我说过讨厌了,但是还是死命地追着我,而且不管白天还是黑夜总是来骚扰我。”

姜宇听说是变态,马上问道:“报警了吗?我现在陪你去警察局好吗?”

“没事了,最近找到了好方法避开他了,别在意。”恭实急忙说道。

“要不我帮你呀?我有时也做私人保镖,所以知道怎么对付那些变态狂。”姜宇很自信地拍着胸脯说道。

“你是说要做我的私人保镖?天哪!”恭实简直不敢相信,惊讶地望着姜宇。姜宇以为恭实不相信,接着说道:“我可是行内有名的哦~保护费就不收了。”

恭实欢喜地笑了笑,觉得这时的姜宇更帅气,这样关心自己,恭实感到好开心。管他呢~有个保镖一起上下班也不错啊!恭实不好意思地点了点头。

“那不是太阳吗?!身边的好像是保安部姜队长,看样子从早晨开始太阳就很灿烂啊!”

KINGDOM 前的马路上,等待信号灯的奎道看着上班的姜宇和恭实说道。

太阳?中元本能地往车窗外看了看,恭实这样欢快的笑容他还是第一看见。咦?!他身边是……原来是保安队长姜宇,看样子两个人很亲密。本来好好的心情,突然莫名的想发火,说道:"因为太阳灿烂,热得让人很烦躁啊!"

中元不屑地"唰"地一下,拉上了车窗遮阳板。

"社长还给你职位,他不把你当疯子了啊?"

"他现在相信我,交给我特别重要的事情了。"

"你是在帮助朱社长私人的事情吗?是什么事呢?"

恭实觉得很为难,回答说她是能看见鬼的100亿雷达,他肯定以为自己是疯子。说什么好呢?这时候刚好看见社长的车子经过,干脆三十六计,走为上计。恭实急忙转移话题说道:"哦~是社长的车子,有些迟到了,我先走了。"恭实说完急忙跑掉了。

姜宇隐隐觉得这个女人还是有些可疑,她到底是谁呢……

特别客服中心!门上依旧写着贵宾室。开始是为了VIP客户准备的,后来没用了就改成了仓库。里面堆满了各种箱子和宣传物品,除了一张小的桌子外,还有一张破旧的沙发。这就是中元为她准备的工作场所,只是从距离上离社长室不远,是那种不怎么明显且无关紧要的地方。

恭实有些失望地问奎道:“那……我的职位是什么?”

“对外可以说是客服中心特别客户商谈室职员,实际呢,就是仓库管理员。”

奎道走后。恭实四处看了看,心想:“这算什么职位啊,还有 KINGDOM 标示的名片,特别客户商谈室职员,太恭实!哼!这里能来什么贵宾呢?”

这时,虚掩的门缓缓地动了起来,“咣当”一声关上了。结果贵宾室三个字中的“宾”字掉在了地上,门上只留下贵(鬼)室两个字。看来第一个客人还是鬼。

KINGDOM 购物中心进来一个不寻常的人。她身穿一套黑色西装,头戴诡异的黑色帽子,她是女巫师。周边的人都被她的气场所吸引,用异样的眼神望着她。这时,路过的程兰和石哲也看见了巫师。石哲好奇地问道:“她是什么人?”

“也算是有头有脸的人物,专门给名门家庭说媒,不过她是专门给死人介绍对象的媒人,就是给死人结婚做证人的媒人。如果有钱人家有未婚的子女过世,家人怕他们孤单,就找她来给做鬼媒,也叫做鬼姻筹划者。在这个行业里,都叫她高女士。”程兰似乎对此并不陌生,向石哲介绍一番。

“真是的，有钱人的家里什么都做啊。”石哲新奇地回答。

程兰倒是不以为然，那些有钱人恨不得生孩子也要算着日期和时间，她一点都不觉得奇怪。听石哲说中元和奇怪的女人在一起，叹着气问道：“听说给芳实安排了房间是吗？在哪里？”

“特别客户商谈室？KINGDOM 原来还有这样的部门吗？”恭丽接过恭实的名片问道。

“有啊，去往社长办公室的方向，虽然不是很明显，像那种仓库一样的地方，就是那样的部门。”恭实含糊地回答。

恭丽还是很高兴地拿出零食，说道：“最好不要再看见那种东西，这个拿去和同事们一起吃吧。”

恭实无奈地看了看身旁的空座，说道：“已经有一个了，他或许以前是这里的常客，总是跟着我。他也是我的第一位特别客户。”

说完，恭实拿着零食走掉了。恭丽担心恭实的特别客户中心全都是一些这样的客户，叹了一口气看了看空座位。

女巫师路过咖啡厅，正巧恭实从咖啡厅里出来跟女巫师擦身而过。女巫师突然停下脚步，盯着自言自语的恭实。

恭实也感觉到异常,回头看了看女巫师。

女巫师悄悄地跟着恭实,看着恭实进了特别客户管理中心的门,自言自语地说道:“活着却站在死亡线上的人,这个小姐应该很合适……”

巫师的眼睛一亮,就好像找到一件祭品的样子。

中元的办公室里,石哲对中元说道:“昨天我替你向GIANT卖场社长打了招呼,GIANT卖场社长的战略眼光的确独到,商场还没开业就开始准备进驻上海。上海流通……零售业中,华侨出身的王文静会长你也知道吧?听说是跟她联手经营!”

中元说道:“上海的王文静会长……那个老家伙前段时间不是由于最疼爱的孙子死后退居二线了吗?居然想跟这种人联手,真是徒劳啊。GIANT卖场社长倒是挺有实力啊。”

“不过,要是真让他得逞,这可是关系到数千亿的商业情报,不过没关系,王会长可是KINGDOM购物中心的VIP客户。”

“对了,你设立的特别客户管理中心,刚才你姑姑去了那里了,这种情报提前告诉你也不错吧。呵呵!”石哲笑了笑,走了出去。

姑姑去那里做什么？中元无法理解。

“副社长夫人来过，给我安排工作就走了。说是让我去一趟叫王会长的家里……”恭实说着指了指放在桌上装有礼盒的袋子说道。

“王会长的家里？听说她的孙子前不久死了，你去那儿会不会见到他呀？”

恭实似乎很不想去，中元突然想起什么事情，说道：“不，你一定要去，要是有的话就见见他吧，查查上海流通和GIANT卖场之间有没有合作计划，老奶奶往后的事业计划是什么样的，你去问问吧。”

恭实还是有些害怕，支支吾吾说道：“我害怕……王会长是很重要的人吗？”

“非常重要，她的商场比KINGDOM大很多，而且是影响以后KINGDOM海外进驻的重要人物，要仔细地了解。”

“既然社长说重要，那我就去看看吧。不过，他要是跟来怎么办呀？”恭实无奈地点了点头，又担心地问道。

“不是有防空洞吗，好好去吧，如果害怕的话可以抱我一下，免费的。”

看着伸开双臂的中元，恭实得到一些安慰。

3

办公室里程兰看着中元缓缓地说道:“我绝口不提那个女人,是觉得再怎么样也比你抓住死去的熙珠不放要强。虽然看上去没什么,也不过是个平凡的女人。”

“绝对不是平凡的女人,还有那个女人在做我指示的工作。别故意找出别的事情来折磨她。”

“我可不是故意让她去做的,是高女士特别让我把她送过去才派她去的。”

“高女士?”

“有个叫高女士的,是给死人办婚事的巫师。看她进出王会长的家,看来传闻是真的。”

“什么传闻?”

“为了给她们家死去的孙子做阴婚,正在找适合的新娘呢。”

“居然有这种可笑的鬼游戏?”中元无法理解。

“可是那个女人为什么点名要芳实呢?”

中元有种不祥的预感……

恭实在王会长的更衣间里穿着华丽的中国式礼服，照着镜子感叹道："这样穿着真的是判若两人啊，枯萎的'太阳'就好比十五的月亮一般。"

这时，从门缝里有个东西飘了进来，恭实打了一个寒颤。"嘀铃铃～"恭实的电话突然响起。电话里中元询问恭实的情况，她对着电话回答："刚刚很害怕，不过接了你的电话就觉得没那么害怕了。"

电话另一端的中元说道："你还好吗？在那儿看到什么了？"

"是啊，看见死去的孙子了，他好像在这个家里。看他的画像很年轻长得很帅气。听说从小就生病在家待着，连场恋爱都没谈过就死了，所以奶奶挺伤心的。"

"你现在在那儿干什么？"

"让我试穿一下衣服，现在正在穿衣服呢？"

"衣服？为什么让你试穿衣服？"

"我不知道，是中国电影里经常出现的那种漂亮的衣服。好像说是中国的婚礼服。"

"你为什么……"中元奇怪地问道。

"赶紧出来，马上！"中元命令道。

这时，外面响起召唤她的声音。

"你不说是重要的事情吗？我会尽力打听到后再回去

向您报告的。”恭实赶紧放下电话，应了一声走了出去。

“太恭实，太恭实！”

通话中的中元，连喊了几声。不知道是因为她挂了自己的电话，还是因为把恭实推进了火坑而心里不安，更或许是深怕恭实还不知道自己被当做了祭品，觉得派她去找情报的自己很可恨，中元心情复杂起来。

“不管了，是她自己找去的。”嘴里这样说着，但是眼前浮现恭实答应自己按照他的话好好去做的可怜的表情。

中元对着手中的手机，埋怨道：“都能看到鬼了，觉得不对劲儿就该出来呀！为什么要那么听话照着去做呢？为什么？笨太阳！”

恭实正在向刚刚看到的鬼的方向走去，那个鬼就在恭实的前面，鬼魂直接上了二楼，飘进了一个房间内。恭实过去推开虚掩的门，轻轻地进了房间。墙上挂的是王会长死去的孙子，智宇。窗户下面是个很大的花瓶，花瓶里装满绿色玫瑰花，看来这里就是那个孙子的房间。突然“咣”的一声，房门被关上，听到外面把门反锁的声音。恭实惊恐地向门口跑去，门怎么也打不开。又害怕又着急的恭实使劲儿敲着房门，喊着：“请开开门啊！”

“在那个房间住一个晚上吧。”女巫师站在门口低声说道。

“你是谁呀？给开开门吧。”恭实听不清楚是谁，继续喊道。

“就算你不是死人，但是你应该可以办得到的。为了少爷能够解脱，就一起待一天吧。”巫师说完后便转身离开了。

恭实绝望地放弃了敲门，回过头发现智宇的鬼魂背对着自己站在窗前。

“是为了少爷和这个家才这样做的，这次成功的话，因为少爷产生的所有困扰将会烟消云散的。”巫师说道。

老夫人用恳切的眼神看着墙上孙子的照片，惋惜地叹了口气。这时，中元大步走进来，向老夫人郑重地行了个礼。老夫人感到很意外，她认识中元，问道：“朱社长这个时间来这里，有什么事情吗？”

“是来找早上过来送东西的职员，她在哪里？”中元开门见山地问道。

“社长居然要亲自来找一个女职员吗？”老夫人不理解中元果敢的举动问道。

“如果只是一个没什么了不起的女职员的话，会长也不会单独叫她来吧？”中元不服气地反问道。

“我有特别的事情要拜托她才邀请的，作为我家的客人正在盛情款待着呢,你就装作不知道走好了。”

“是谁在款待她?是这家死去的孙子吗?”

“我的家里有重要的事情,你先回吧。”老夫人严肃地回答道。

“对我来说她也是重要的职员,我会干涉到底。”中元干脆自行去寻找。

中元上了楼,看见一个女佣人拿着恭实的衣服便问道:“在哪里?她在哪里?”

女佣人看着中元,不敢回答。中元没有再理会她,径直向走廊走去,看见一个房间的门口站着另外一个女佣人,便直奔那间房子走去。中元推开看门的女佣人,发现门被锁住,大声喊道:“把门打开,听见没有!”

中元的架势看起来如果不打开门就要硬闯进去的样子。那个女佣人害怕地拿出了房门钥匙。

中元刚要开门进去,就听见老夫人在后面说道:“你打开那扇门会后悔的,你的竞争对手的公司代表已经来找过我了,我会不会牵那边的手,这都在于你了,你要怎么办?”

她说的是GIANT卖场,自己要是现在开门,老夫人肯定会牵那边的手;如果不开,肯定会跟自己牵手…… 中元的思绪开始复杂起来,中元可不会做后悔的事情,这是多么好的机会啊!那么…… 中元放开门把手转身笑了笑,刚要开口，听见后面伴着开门的声音，有人喊道：“社长！”

非要在这个节骨眼上出来干吗？中元转身瞪了一眼恭实，硬生生地把恭实推了进去，笑着对老夫人说道：“不是我开的……”

可是门又打开了，恭实跑出来，欢喜地说道：“社长，您来了吗？”

“是这个女人开的，不是我。”中元又解释道。

“看来把事情搞砸了！”女巫师可惜地摇了摇头，对老夫人说道。

中元转身盯着恭实，咬牙切齿地说道：“都是你，把事情都搞砸了！”

“老奶奶，您的孙子让我带话给您。”恭实突然对老夫人说道。

“是我们智宇吗？”老夫人又惊讶又好奇地问道。

“我就如实说了……”恭实学着智宇的语气，接着说道：“奶奶你老糊涂了吗？别再胡闹了。还有那个大婶，让她拿着那个让人作呕的玩偶给我滚吧。不好玩！”说着像鬼魂附体了一般，还做了一个奇怪的手势。大家都被恭实诡异的举动吓住了。这时，老夫人脸上露出了欣慰的笑容，感动地说道：“是我们智宇，没错。我的智宇啊～”

中元感到惊讶，这个女人在房间里又干了些什么呢？

4

“得趁着中元对芳实的感情更深之前采取措施才行。”

程兰叫惯了芳实，还一时改不过来。其实当初叫石哲也是，每次叫他的名字都是哲石哲石，那又怎么样？结果还不是领到了家里，那有什么关系。芳实也是，芳实芳实地叫着，以后会不会更顺眼呢？

程兰继续说道：“不想硬生生地拆散他们，我想找个更好一点的女人在他身边。”

“不是说过不再干涉已经长大的侄子吗，就让他自己去选择会不会好一些？”石哲看着程兰的脸色说道。其实石哲更想让恭实亲近中元，这样他就能更容易对付他。不过，程兰可不这么想，她想把更好的女人介绍给中元。石哲还是好奇地问：“到底是谁？”

程兰神秘地回答道：“有一个那样的人。”

广告拍摄现场，伊玲身穿红色的婚纱礼服，双手高举煎锅在跳着狂舞。导演在一边不停地做着各种手势，叫喊着：“就好像煎锅内燃烧的油……像火苗一般强烈地燃烧着身体……让身体烧成……”

伊玲按照导演的要求，疯了一般地做着各种夸张的动作，结束后扔下煎锅，蹲坐在那里喊道：“我不做了！”

本来嘛，因为与刘海城的婚事告吹，导致原来签约好的新婚餐具的广告被临时改签成这种广告，真是让人沮丧。

程兰来到伊玲身旁，关心地说道：“取消了婚礼让你辛苦了，要不是你的朋友毁了你的婚礼，你也不至于这样啊。”

“朋友？”伊玲奇怪地看着程兰。

“啊！是我还没有告诉你吗？本来想告诉你来着。听说结婚当天说完废话就走了的那个女人，是你的高中同学。她现在在我们KINGDOM工作，叫太恭实……”

“太恭实？原来是太恭实?!”伊玲的眼神变得异常愤怒。程兰会意地笑了笑，因为太伊玲已经开始掉进自己设下的陷阱里了。

在智宇的房间里，中元和恭实毕恭毕敬地坐在沙发上。老夫人缓缓地开了口：“最近一个事业项目没了，家里也出现了生病的人，都说是因为死去的智宇。”

“事业出现问题是因为全球化的竞争危机，不管是谁家都有一两个生病的人。那个怎么会是因为鬼的关系呢？”中元冷静地分析道。

"因为……那个……"老夫人指着窗前绿色的玫瑰花说道："孙子死了快3个多月了，而那束玫瑰花却没有凋谢，一直那么鲜艳。时间久了，大家都说是因为智宇的鬼魂停留在那束花上，所以害怕得没有人敢碰。"

"说是在等待着喜欢的人。"恭实加了一句。

老夫人从没想过会这样，智宇从小就开始生病，是个只知道往返于医院和家的孩子，连个朋友也没有。因为性格太敏感，也没有愿意接近他的人。有时还对辅导老师做出滚蛋的手势，还动不动对下人挥拳头。因为太挑剔了，所以大家都躲着他。

老夫人哽咽着，继续说道："那个家伙，居然还有喜欢的女孩子，我也很想见一面。"

"您会见到她的，是吧？"说完，中元看了看恭实。

"我的职员会进出这儿，跟你的孙子多多沟通，帮您打听出来。"

"不是说是重要的职员，要带走的吗？"

"完全不是，对我来说重要的只有会长您而已。我再一次重述，我没有开门。"中元表示冤枉般举起双手笑道。

"您想在中国投资多少钱呢？……"中元和老夫人在谈论事业上的话题，恭实无心地看了看窗前的玫瑰花，突然发现智宇的鬼魂在窗户前静静地看着窗外，一动不动。恭实奇怪地走过去,顺着智宇看的方向望去。大门外面有个送牛奶的少年……

恭实突然想起什么似的,转身向外面跑去。老夫人吃惊地看着恭实,中元安慰着老夫人说道:“我的职员可能是看见什么了。”

大门外,恭实跑出来的时候,那个人已经不见了。恭实看到在那里整理牛奶的女佣人,问道:“我想问一下,智宇认识刚才来的那个送牛奶的孩子吗?”

女佣人摇了摇头,说道:“他俩应该不认识吧。”

恭实继续问道:“那以前送牛奶的孩子和这家的孙子关系很好吗?”

女佣人好像想起什么,说道:“啊~ 原先送牛奶的那个男孩子,经常和少爷说话,还一起玩游戏来着。”

有些迫不及待的中元跑出来,问道:“怎么样?知道什么了吗?”

恭实有些不好意思地点了点头。

“这家的孙子一直在等待的女孩子到底是谁啊?”

“那个……不是女孩子,而是男孩子。他是在等待着送牛奶的男孩子。”

中元期待的神色顿时消失无踪，失望地叹了口气。

原本想兴高采烈地告诉王会长，孙子等待的女孩子到底是谁，哪想到居然是个男孩子，不知该讲还是不该讲。这时老夫人走过来，问道："姑娘，查到些什么了吗？"

恭实刚要开口，被中元一把拽住，抢先回答道："啊！还没有，看来明天还要过来一下。"说着，拉着恭实的胳膊往大门外走去。老夫人有些失望地看了看他们。

出了大门，恭实甩开中元的手，问道："怎么能就这样走了呢？智宇那样等待着他，得想办法让他们见面啊。"

这个女人可真单纯啊！中元分析道："现在奶奶可是期待着孙子美好的初恋啊，一定要让我给她扔一个'核弹'吗？不行，我现在要找的不是鬼的初恋，我现在的首要任务是让奶奶心情好。"

"那你打算怎么办？"

"初恋呢应该是在医院护理过他的漂亮的护士姐姐，或者是教过他钢琴的美丽的钢琴老师比较好。拿这个和鬼商量一下吧。"

"那不是在说谎吗？社长你不也是讨厌说谎吗？我被熙珠附身的时候，你不是说你讨厌说谎的人吗？那孩子多可怜啊，就他一个人在那里等待一生就喜欢过一次的人，我想让他们见面。"

中元有些心动，和刚才抓住门把手迟疑的时候一模一样。恭实知道中元是那种自己不想做的事情，谁都无法强迫他去做的人，便故意说道："那好吧，我都会听你的。就这么走掉或者进去说出真相，你自己决定吧。"

中元沉默了片刻，还是向外走去，恭实失望地跟在后面。

"走吧，去找那个送牛奶的。不过，和鬼魂商量下，别说是初恋而是友情。"中元突然停住说道。

恭实刚才还失望的脸上，顿时露出灿烂的笑容。

5

考试院阁楼上，有个人影在太恭实的房门前张望着。穿着连体帽运动装，把帽子盖得严严实实的，脸蛋不像是平凡的人。原来是太伊玲。

伊玲踢着门口堆着的箱子，泄愤道："大太阳，你给我赶紧回来，我一定要把你撕碎！"

说着，怀疑恭实在房里似的开始东张西望地从窗户外探望着。

这时，姜宇突然出现来了个干净利索的擒拿手，控制住了伊玲,然后把伊玲的头重重地撞在房门上,说道:“跟踪太恭实的变态是你吗?”伊玲“唰”地把帽子摘掉。姜宇吃惊地问道:“怎么……是你?!”

姜宇把装有冰块的毛巾贴在伊玲的脸上,说道:“没有留下伤痕,不过会肿起来的。”

“要不是今天我已经拍完广告了,我肯定投诉你。”

“不过你婚礼泡汤,干吗来找你朋友撒气啊。”

“不是撒气,我是来报复的。”伊玲狠狠地说道。

“看你没带武器,不像是武力报复,你想怎么样?”

“我会抢走她的男人,我一定要把朱中元社长从她身边抢走。让她痛苦去吧,今天我是来向她宣战的。”

姜宇冷笑了一下。

“你觉得我做不到吗?我可是太伊玲,绝对不会输给太恭实的。”伊玲哼了一声。

“看来你是要开战,但是战斗中的秘密武器很重要,我来当秘密武器好吗?”

“你是要帮我吗?”

“但是我有个条件,查出朱中元社长对太恭实感兴趣的原因。”

“真是奇怪的条件…… 你喜欢太恭实吗?”

“就算是吧,哦?别动,有点变青了?”姜宇轻轻地抚了一下伊玲的脸,伊玲突然心跳加速,脸微微红了一下。伊玲担心被姜宇看到,急忙转移话题说道:“不过,你从刚才开始干吗一直不跟我说敬语啊?一看你年纪就比我小啊。”

“你看上去的确比我老,我是不是得尊敬你啊?”

“你……”这个男人真的不好惹啊!伊玲说道:“好吧,随你怎么说了。既然我们是一伙,喝一杯纪念一下怎么样?”

“你自己喝吧!”姜宇不领情地说完,走掉了。

牛奶站前面,中元和恭实怎么也无法理解,一个男孩子留着玫瑰花在等着朋友。仅是朋友的话,他会同意去见他吗?因为男孩子是不会拿着玫瑰花友情告白的。不过恭实倒是理解,因为女孩子之间有时也互赠鲜花啊。不过中元觉得现在最重要的是如何让王会长跟自己牵手合作。

“会长那里我会好好修饰后解释的。”恭实安慰中元说道。

这时,那个在王会长家里送牛奶的少年回来了。恭实上前询问道:“你知道在你之前负责给王会长家里送牛奶的人是谁吗?”

“啊~在里边。”少年指了指里面。

恭实和中元轻轻地走进去,有两个人正在整理牛奶箱子。一个是穿着草绿色运动装,齐肩短发的女孩子;另一个是身体健壮的男孩子。中元有些头疼,想着做了鬼都在等待的初恋居然是如此健壮的男孩子。

恭实走到那个男孩子跟前问道:“你认识智宇吗?”男孩子没有回答,奇怪地看着恭实。

“智宇?”那个女孩子跟着也抬了头,反问道。

“之前去他家送牛奶的人是谁啊?”

“是我!去他家送牛奶的人是我。”那个女孩子站起身来回答道。

恭实和中元互相望了望,有些疑惑又有些安心,怀疑地问道:“我听说是个男孩子啊。”

那个女孩子解释道:“留长头发之前,很多人都误会我是个男生。”

“她完全就是个女汉子啊!”那个男孩子嘲笑般说了一句。女生突然伸出手做了一个跟智宇一模一样的动作。

哦?!恭实确定智宇等待的人就是眼前的女孩子。用肯定的眼神望了望中元。中元会心地对着恭实耳朵小声地说道:“不管怎么说,还好是女生。真是万幸!”

“我知道智宇的事情,我不想提到他。你们走吧。”女孩子好像听到了似的说道。

"智宇说有个东西想给你看,是很漂亮的玫瑰花,是草绿色的。"

听到这话,女孩子手中的牛奶箱子突然掉在地上。

女孩子的名字叫善英。现在是长头发,但是以前是短头发,本来说话和行动有些像男孩子,所以很多人都误以为她真的是男生。她每次去王会长家送牛奶,智宇都会逗她。其实那是智宇对她的关心的表达方式。

有一天,善英站在玫瑰藤前无心地问了一句智宇,有没有绿色的玫瑰花,因为她最喜欢绿色。智宇回答道:"是有绿玫瑰的。"

"是吗?那一定很漂亮吧。"

"一点也不好看,像白菜一样,就像你。"

"喂!我要是留起长头发打扮打扮,还是很漂亮的。干吗总是说我丑啊?"

智宇靠近善英的脸,盯着善英水汪汪的眼睛,说道:"你不是很丑吗?简直分不清是男是女。"

善英心跳加速,红着脸蛋,嘴里不服气地说道:"你呢?我倒觉得你柔柔弱弱的像个女孩子。"

智宇突然俯下身,吻住了善英的嘴唇……善英睁大眼睛,一动不动地站在那里。

好一会儿,智宇的嘴才从善英的嘴唇上离开,有些尴尬地说道:“果然你一点都没有女人味。”

善英有些委屈,两眼含着泪。

“你哭吗?你别哭啊,你哭了更丑了。”智宇故意用戏弄的口气说道。

善英气急败坏地着哭声说道:“我也不喜欢像你这种养着花的柔弱的男生。我真的讨厌你!”

善英哭着跑掉了。

从那天以后善英就没有去王会长家里送牛奶。

智宇该有多么想念她,对初恋的女孩子连声喜欢你的话也没有机会说就死了。智宇一直等着她,想给她看绿色的玫瑰花,那是她最喜欢的颜色。想告诉她,长得跟她一模一样的绿玫瑰有多漂亮。想跟她说,自己有多喜欢她。所以智宇一直在窗前等着她的出现,但直到最后她也没有出现。躺在床上痛苦的时候,生前最后的时间,智宇也在想念着她,一直望着窗前的绿玫瑰闭上了眼睛。

所以智宇的鬼魂一直没有离开那个窗户……

智宇的房间,善英望着花瓶里的绿玫瑰,已经是泪流满面,她抽泣着说道:“这样漂亮的绿玫瑰,竟跟我说谎……我也是想给你看,留了长头发……傻瓜似的这样走了……”

善英流下的眼泪像露珠般落在绿玫瑰花上。智宇的鬼魂悄悄地站在她的身边,手抚摸着她的头发,俯下身轻轻地在善英的脸上吻了一下。

智宇的灵魂终于走了。鲜艳的绿玫瑰也跟着瞬间凋零。老夫人满脸泪水,抚摸着凋零的花朵说道:“好好走吧,我的宝贝。”

老夫人紧紧地把哭泣的善英抱在怀里说道:“好漂亮的孩子,真的好漂亮……”

“听说绿玫瑰代表着高贵的爱情。”

中元的车后座上,恭实还是有些感动地抽泣着,继续说道:“最后智宇、奶奶还有那个女孩子,都知道了彼此的心意,真好啊。”

中元高兴地说道:“今天我的收获很大,也有你的功劳,所以特别把你送回家吧。”

“不用了,到考试院的门口就行了。”恭实反而惊慌地回绝道。

“我怕坐社长的车回去,被某人撞见了不好。”

中元知道恭实说的是谁,本来想犒劳她的心情顿时没了一半。

“姜宇对我挺关心的,他很好奇我在社长身边做什么工作,我不太好回答他,不是吗?”

“看来你没有跟姜宇说你是我特别的雷达呢。”中元说道。

“他担心我总是问我在害怕什么,所以我骗他说是有跟踪的变态狂。结果他说要当我的保镖呢,嗯哼哼~”

“你这是在向我炫耀吗?”中元有些厌烦地问。

“都是社长的功劳,我可以上班,还遇到了好人……嗯哼哼!”

中元看着有些开心的恭实,突然说道:“停车!”

“哦?再往前走点也行啊。”恭实疑惑地问道。

“不,我突然不想送你了。你今天的奖赏到此为止。不能继续了,下车!”

奎道停下了车,恭实突然抓住中元的手。中元惊讶地看着恭实,恭实傻笑道:“您不是说免费的吗?就这样走有些可惜……嗯哼哼~再见!”

恭实欢喜地下了车。

中元看着刚才恭实抓过的手,心情变得很微妙……

6

恭实走在胡同里,还在抚摸着自己的手沉浸在幸福中。现在只抓着手,就一点都不害怕,这到底是怎么了?他以前到底在哪里,现在才出现做自己的防空洞。不管怎么说,一想到中元的存在,恭实就很开心又觉得很神奇……

这时,恭实的身后突然出现穿着正装的两名黑衣男子。恭实还以为是鬼,慌了一下,但马上又感到不是鬼魂,他们跟着自己到底想干什么?恭实有些害怕,加快了自己的脚步。这时,两名黑衣男子挡住了恭实,说道:“跟我们走一趟。”

就在这时,姜宇不知从哪里跑出来,几下就制服了歹徒。姜宇把恭实往身后靠了靠,问道:“跟踪你的是他们吗?”

恭实有些茫然,不知如何回答。

这时,听见两名男子身后的那个女巫师喊道:“住手!”两名黑衣男子立刻闪到一边。

女巫师领着恭实到另一边,小声说道:“我想过来再看你一眼,没想到发生了些误会。”

恭实其实不怎么喜欢她,没事做什么阴媒的骗子。

女巫师好像看穿了恭实的想法,说道:“如果我只是骗子,怎么会知道你的特别呢?”

说的也是,她是怎么知道恭实的特殊能力呢?

“你身上有闪耀的光芒,所以在黑暗里的东西经常来找你。”

恭实越听越觉得不安,女巫师自言自语般说道:“黑暗终究会吞噬光明,死亡终将吞噬生命。要想不被吞噬就要时刻警惕!”

恭实不懂女巫师是什么意思,看着她消失在黑暗的胡同里。

阁楼上,姜宇问恭实是怎么认识那些骗子的。恭实不知如何说起,只好敷衍着说道:“就是工作时遇到的。”

“看来还是不会详细地跟我说明。总之我在那里等你,还算有点成果。”

恭实盯着姜宇看了一会儿,心想:“这个人真的喜欢我吗?所以想知道我的事情吗?”恭实迟疑了一会儿,鼓起勇气问道:“我不说出自己的事情,是因为感到有人喜欢我而开心,但怕对方知道以后吓跑。”

看着表情真诚的恭实,姜宇突然有些难受。其实,他并不是真的喜欢这个女人才这么说的。这个女人到底有什么秘密呢?

恭实又开口说道:“是不是认为这个女人究竟有什么大不了的秘密,总是带给人恐惧是吧。难道是间谍?罪犯?或者原本是男人吗?是不是什么想法都有?不管怎么想,总之知道了真相后会比那些更加吃惊的。我可是警告过你了。”

恭实像吃人心肝的九尾狐一般,藏着什么事情。带着凄凉的表情,转身离开。姜宇的心情也复杂起来,如果恭实知道自己的秘密,她也会很吃惊的。

7

石哲的秘书室,李翰洙把一堆发票递给珍珠。

“是副社长指示的活动经费申请。”

其实是这段时间为了散播恭实和中元的谣言,跟职员们一起买零食、喝咖啡、喝啤酒用的发票。珍珠哼了一声,说道:“用嘴能做到的事情,还真吃了不少东西呢?”

“这样才能让谣言传得更快啊。”李翰洙辩解道。

“办公室太简陋,所以干脆领进了家里一起过。你觉得这样的传闻怎么样？哈哈哈！”

“那恐怕不行吧，我听说保安队长姜宇跟太恭实住在同一个地方。”珍珠否定道。

起着谣言的扩音器作用的 KINGDOM 喇叭——李翰洙哪里肯放过这样的高级情报，他转动着眼珠，说道：“姜队长和太恭实？那就是三角关系？太棒了！”

“多亏了会长，为我们 KINGDOM 进驻中国市场注入了新的力量。”

中元对着眼前坐着的王会长说道。

“因为你帮了我的孙子，作为报答准备跟 KINGDOM 合作，对你们进驻的中国市场进行投资。”王会长想到什么了似的，接着说道：“我上来的时候听职员们在议论很有趣的事情，太恭实小姐和你关系很密切，是吗？我以为朱社长的绿玫瑰就是太阳呢？”

中元怕有更深的误会，急忙否认道：“绝对不是那样，她只是我的缺了的话会觉得可惜的雷达罢了。”

“缺了会可惜？那我把她带走可以吗？孙子也走了，我想去中国发展，很想带着恭实一起去。”老夫人试探地瞅了一眼中元。躲不过老人家的法眼，但是中元还是不认输般，自信满满地说道：“恐怕太恭实不想离开我，不会答应您的。”

“如果她说离开你，你会让她跟我走吗？”老夫人还是不死心。

“不行，太恭实是我的。我没有想跟会长分享她的想法。”老夫人面对中元真诚的回答，微笑了一下，说道：“也是，我知道你以前经历的那个事情。你也有需要解决的问题……她是能给你答案的唯一的人，你要好好珍惜。”

“谨记老人家的教诲！”

看见进来的姜宇，恭丽马上递上咖啡。看来姜宇也听说了公司内部有关中元和恭实的传闻。本想把恭实跟姜宇凑在一起，万一姜宇真的相信那种传闻可如何是好啊！恭丽急忙上前解释道：“我家恭实有点不同，你就当做她比别人害怕的东西更多吧。”然后，突然抓住姜宇的手，用鼓励的语气接着说道：“我相信姜宇队长是一个坚强的人，如果恭实害怕的话，姜宇君给她勇气好吗？”

连姐姐都这样想，看来想留在太恭实的身边还真需要超人的能力啊。姜宇心想。

“男人需要保护女人的时候不仅是超人，还要相当罗曼蒂克。加油！”恭丽拿起前台的棒棒糖，递给姜宇说道。姜宇会意地微笑了一下。

“特别客户一个也没有,竟是些竞拍的物品。”

恭实捧着箱子,埋怨着走来,正好跟姜宇碰个正着。可能是因为昨晚对姜宇做的警告,恭实只是打了个招呼就避过去了。这时,姜宇突然叫住恭实。虽然不知道姜宇要说什么,但是还是有些紧张。

“秘密不仅是你有,我也有秘密。如果你知道了会不会逃跑?”

恭实不知道自己会不会逃跑,不过他的秘密肯定远不及自己的吓人。

“我想了解你,真心并没有一箩筐,但是这种程度……?”姜宇把棒棒糖放在恭实手中的箱子上,接着说道:“我会鼓起勇气,那么你呢,加油!”

面对冲着自己微笑着离开的姜宇,恭实一时愣在那里。难道是真的喜欢自己吗?刚才还撅着的嘴角上,顿时露出微笑。

恭实出神地没走几步,就撞见了中元。中元盯着恭实捧着的箱子上的棒棒糖,眼神极为不满。

恭实欢喜地说道:“社长,有人说喜欢我。为了我他还要鼓起勇气,我要是加油的话,我会走到他的身边吗?我可以去吗?”

恭实开心地看着中元,脸上满是期待和羞涩。

“不行,太阳只能在我的身边升起,是我决定的。所以,你只能在我的身边,哪里都不能去!”

第六章
相信她的原因

1

“我要鼓起勇气告诉你我的秘密了。”

恭实气喘吁吁地跑到姜宇的面前，她鼓起勇气，姜宇像一直在等待着一样。

“你说吧，我会鼓起勇气听的。”

“我，我可以看见鬼。这边也有鬼，那边也有鬼，四面八方都有鬼出现，所以我才像个疯女人一样四处逃跑的。这样也……没关系吗？”

姜宇轻轻地抓住恭实的肩膀，把恭实搂在怀里。

“哪怕你被外星人劫持过，我也无所谓。”

恭实感觉像得到了全世界一样。周围站着的鬼魂都像祝福他们一样拍手叫好。恭实就像做着梦一样的幸福着。

啊！什么时候会发生那样梦幻的事呢？光是想象就觉得很幸福，中元看着可爱地做着梦的恭实很是无语。从自己的嘴里说出像做梦的话，看来她自己也知道成功的概率很低。

但恭实不放弃希望。虽然成功的概率很低，但也不是不可能的事。恭实以前在医院的时候见过一个自称被外星人劫持过的神经病大叔，他也找到了理解他的夫人，两人在山上建了堡垒住在一起了。不是说能看到鬼的自己看不起那些自称看见过外星人的精神病，而是那个大叔先说恭实是疯子的。开始的时候恭实一直听他倾诉那些外星人的事，还跟着他去照 UFO 的照片去了呢，变得亲近后恭实就告诉他自己能看见鬼，结果他就说恭实疯了。想到那时，恭实到现在都很委屈。

虽然恭实感到很委屈，但对现在这样对话感到很寒心的是中元。

“如果你那时跟着大叔一起被外星人劫持的话，太恭实你也不会出现在我面前了。”

但是恭实反而很真诚地说道:“仔细想想,连鬼都有,也可能有外星人吧,如果那时真的被外星人抓走就出大事了,真是心有余悸啊。”

中元灰心地摇摇头。和太恭实说话不知道为什么会有种变成傻瓜的感觉。和太恭实开玩笑,她也会很认真。不知道自己为什么会听她说这样的话。

“他也会听我倾诉吗?像社长一样,他也会听我说吗?”

恭实有点担心的样子紧握着手里的棒棒糖。诚实地说,她不想错失这个得来不易的机会。恭实从来没有想过自己身上会发生这么甜蜜的事情。

恭实不自觉地笑了出来。

“先别说你能看到鬼,先问他信不信有鬼。”

也许有点过意不去,中元善意地给恭实忠告:“别一下子就跟他说能看到鬼吓到人家,先问他信不信有鬼,激发他的好奇心。那么估计发生梦一样的事情的几率会高一点。”

“我会作为参考的。”恭实对中元做出这样实质性的帮助表示感谢。

“以后发疯的对话去找姜组长倾诉吧。去和甜蜜的姜糖果好好发展吧。出去吧。”

中元仿佛很烦的样子赶走了恭实,插上耳机听材料。之前要说三次“出去!”的恭实这次说了一遍就走了。不知怎么地他觉得有点不痛快。

不知道该不该信这话,恭实突然回头叫了中元。恭实说:“社长你没有嘲笑我,反而鼓励我。真的很感谢。”恭实感激地笑了笑。

“不是真心想听的,只是耳朵能听得见随便听的。”

恭实对回答得很赤裸的中元报以很真诚的心。

“社长以后有无法对别人说的话,可以对我说。我会好好听的。”

“我和你没有话说,我要工作了。滚!”

听到出去的话恭实转身走了,又好像想起了什么转过来又叫住了中元。

“怎么了,怎么了,又怎么了?!”

“社长你在边听歌边工作吗?”

中元觉得就算说了不是但还是会不停地追问着的恭实很烦,便说道:“都说了没话可说,快出去。”

那个女人,一定要说三次“滚蛋!”才行。跟黏糊糊的姜糖果黏在一起就不会麻烦我了。

中元对恭实使了心眼。

下班的路上。进入胡同口的恭实想了很多。不知该对姜宇说什么。鬼?灵魂?

幽灵？恭实正在绞尽脑汁地想用什么词最好。

这时有人“哇”地一下出现在恭实面前。吓了一跳的恭实叫了一声连看都不看就背起背包逃跑了。倒下的是翰洙。本来只是想开玩笑的，却被受到惊吓的恭实狠狠地打了。

一起来的珍珠和恭丽扶起了翰洙说：“说了让你别吓她了。”

姜宇失神地看着跑远的恭实心想：看来真的是吓到了。

“对不起，因为你突然就冒出来了我还以为不是人呢。”

大家在屋塔院子里烤着五花肉，恭实向翰洙道歉。

“那我不是人还能是鬼吗？”

一听说到鬼，恭实和恭丽心里一惊，小心地看着姜宇的眼色。姜宇说恭实是因为害怕烦人的跟踪狂才这样的，恭实这才松了一口气。但是由于做贼心虚，便说：“世界上哪有能看到鬼的人啊。”

没眼力见儿的翰洙却说自己见到过鬼，反正天气也挺热的，要不要说说见到鬼的事情。

姜宇站出来说：“不要对胆小的人说那些。”

其实恭实很感兴趣。对于鬼姜宇会是什么反应，不一定非要问,通过聊天也能这样自然地知道,于是她就鼓动翰洙问他看到了什么样的鬼。

翰洙来了兴致,讲起了各种鬼的故事。珍珠和恭丽都跟着来了兴致,都讲述了自己知道的鬼故事。

大家都闹哄哄地讲着鬼的事情,只有姜宇好像一点都不感兴趣的样子在吃着肉。恭实想看看姜宇是什么反应,但姜宇却什么反应都没有。

很郁闷的恭实试着问姜宇:“你是不是不喜欢鬼的话题。”

姜宇一边包着生菜,一边回答恭实的问题,“没什么意思。”手却在不自觉地颤抖着。

翰洙开玩笑地说:“是不是害怕啊?”姜宇放下生菜斜瞪着他。

看到姜宇的视线在逼近翰洙马上转移了话题,“不过说说鬼故事的话鬼会在旁边听吗?”

“刚才就来了,就在翰洙你后面。”

是真的。从刚刚翰洙开始说起鬼,鬼就开始一一地聚集。看不到的话就不可能知道。气氛突然有些阴森森的,大家都开始僵硬起来。突然姜宇喊了一声。

“我真的很不喜欢说这种事。像个傻瓜似的干什么呢?”

恭实比谁都惊讶。看来这个男人真的很讨厌鬼。

翰洙说是觉得好玩才说的,又问了一次姜宇是不是害怕。

姜宇更粗鲁地喊着:“我认为是没有鬼的。吵着说有鬼吓唬人真的很讨厌。说见过鬼幽灵那种东西的人,最寒心最讨厌了。”

跟平时的姜宇很不一样,头一次这个样子。他说说自己能看到鬼的人最寒心最讨厌了,所以肯定也会那么想恭实的。恭实很绝望。不管怎么样绝对不能对姜宇说,不,是绝对不能说。

但这不是事实。事实是姜宇并不是讨厌鬼,而是害怕鬼,而且是非常害怕。只是担心被取笑强忍着害怕不表露出来而已,而且在女人们面前保安队队长应该要有颜面,但是就算很强的军人出身也有害怕的东西。

“是,副部长,就像李翰洙说的那样,是和姜组长住在同一个地方,而且这里特别破。”

从探子珍珠这里得到报告的石哲开始动了脑筋。太恭实住的地方很破的话,就是说中元对恭实打开了身体,却没有打开钱包的意思。没有打开钱包就是说也没有打开心,他的心难道不是对太恭实而是对太伊玲敞开的吗？石哲面露不安。

本来程兰就在撮合中元和太伊玲，现在这个时间正在一家很不错的日式餐馆就餐呢！作为石哲当然不愿意了，而且按照平时中元的性格，早就吃完饭走了。到现在还在一起吃饭真让人放心不下。比起太伊玲，太恭实黏在中元身边，中元才更好欺负。太伊玲在中元身边的话对石哲来说就很麻烦了。带着不安的心情想要快点到日式餐馆去看看。石哲急忙走出办公室。

石哲走出楼道，听到不知从哪儿传来的凄凉的口哨声。很熟悉的旋律，是 Nobody。

他好奇地停住脚步听着，然后加快脚步，顺着这个奇怪的口哨声音走去。渐渐地靠近口哨声音发出的地方，石哲停在走廊尽头，是恭实的办公室。是这里吗？

开门的瞬间，口哨的声音就断了。石哲环顾黑暗的办公室，没有看到任何人。

石哲以为听错了刚要出去，这时候在一个角落传来了一点响动。吓了一跳的石哲小心翼翼地走向角落，听到了低沉的咆哮声。他很害怕，想就那样走掉。

但石哲鼓起勇气向声音发出的地方走去。是什么呢？

在把堆积的盒子拿走的瞬间,突然凶猛的咆哮声传遍四周。

2

“我说了是狗,狗!那么大的狗现在就在我们 KINGDOM 里呢。”治疗完手背上的咬伤后石哲提高了声音说。

还没吃完饭就吓了一跳的程兰和伊玲对购物中心里有狗的事情很担心。

但是中元冷静地说:“已经交代保安队严加调查,不管是什么都会找出来的。”让石哲放心。看到中元不相信自己的话,石哲觉得有点烦躁地喊着:“我说了是狗,狗!!”

“真的在这里发现狗了吗?我从来不养狗的。”

恭实好像不能理解的样子,看着办公室的四周,饼干袋子开着,在地上乱放着,水瓶也倒着。不知道是狗还是什么,感觉很奇怪。

“不是你带进来的吗?”

中元不高兴地看着恭实:“以前要帮可怜的鬼收拾残局,现在又把狗带进来养,是不是?”说完又用鼻子嗅了嗅恭实身上的气味,问恭实:“是不是把肉藏在哪里了?狗是不是闻到肉的味道才进来的?哦?”

“你还真是狗鼻子。我和姜宇吃完烤肉来的。呵呵呵。”恭实突然想起来什么似的四处找着,捡起了掉在地上摔成两半的糖。唉,是姜宇给的呢。

这时中元在散乱的箱子中间发现了掉落的军犬链。看着军犬链上写着“必胜”,看来是狗的名字。中元感觉事情有点不一般。

看来真的有狗。

看着中元手里拿着的军犬链,恭实也不安起来。

“咬人的狗到处乱窜的话很危险是吧。”

“这是当然的。今天晚上找不到的话,明天 KINGDOM 就不能开业。”

这样花重金准备的夏季促销购物活动就要取消了,那都是为了让人们掏钱而准备的活动,不能因为这条狗毁了。绝对不能忍受任何损失的中元对这种情况很烦躁。不管怎样,恭实很想帮助中元。冷静下来仔细地看一遍,饼干也吃了,吃剩的紫菜包饭也没了,可能是狗饿坏了。

恭实一点一点地翻着桌子找着什么。

“狗链上写的必胜,应该是狗的名字吧?社长,把那只狗抓住后明天一定要开业,我一定会帮你抓住它的,必胜!”

恭实的觉悟看起来很悲壮。中元觉得恭实有什么伟大的想法的样子,带着期待的表情看着恭实。

“必胜啊~ 必胜啊~ 你在哪里……?”恭实在铅笔上插了两根火腿肠,像探测金属一般,在走廊里挥动着。

“还以为有什么大不了的方法呢,用两根火腿肠就想把狗引出来啊?”中元不知道说什么好了。“就算是一会儿,抱有期待的我真是傻瓜啊。”

但恭实却自信满满地说:“狗本来就最喜欢这些东西。”说完便像找着什么似的往垃圾桶那边跑去。到底在做什么呢?

恭实向翻垃圾桶的鬼问了问,但是大叔说没有看到那样的狗。和平时不一样,恭实一点都不害怕地主动去找鬼,这让中元很诧异。防空洞中元就在旁边,恭实的胆子自然就变大了。恭实因为有防空洞所以壮着胆子说:“要不要问问坐在女卫生间便池上的大婶?要不要问问挂在枝形挂灯上的鬼?”

中元看着恭实能把在KINGDOM里停留的鬼都认出来,心想恭实在KINGDOM工作期间结交了很多鬼啊。实际上看到一个地方聚集的那些鬼,恭实开始的时候也非常害怕,但每天都会见到他们就感觉像同事一样了。

“那么和鬼偶尔也聚在一起会餐吗?”

中元的取笑把恭实吓了一跳。看到一两个鬼还可以,要是都聚在一起的话那就太可怕了。会餐要像今天一样，人们聚在一起烤肉，然后一起说笑。恭实想到今天一提起鬼就把事情全都搞砸了的事，就叹了一口气。

“太恭实，有点意思啊。你没有对甜甜的姜糖果说出能看见鬼的事情吧？”

“没有说出来。别说提了，他说在世界上最讨厌的就是鬼了。他还说更讨厌说有鬼的人，怎么办啊？”

“你为什么要问我这些？我也讨厌，我也很讨厌，因为你对我有用，所以才让你在我身边而已。”

虽说中元的话说得没错，但恭实更难过了，还是要有用才行啊。

那么对姜宇来说我要有用处，姜宇才会让我黏在他身边。是啊，要有用。就当做是帮助姜宇好了，要找到狗啊。恭实要去卫生间问问鬼，让中元不要动在那里等她，说完就往卫生间跑去。

是为了姜宇吗？中元又开始使小性子了。

“我是专门等主人的狗吗？我不等！”

只是嘴上那么说，但他并没有走远。中元就装作要走的样子，无意间看到了手中的狗链子。有狗链子的狗应该有主人的，说不定是和狗主人在一起的！

穿着黑衣服的青年藏在停车场的角落里。从旁边放的黑色包的拉链中间可以看到枪。这时伊玲嘟囔着进入了停车场。

“都听说有狗在四处乱窜了就应该保护到上车，姜宇，真是没礼貌。”

伊玲像神经质一般从包里掏出车钥匙，一不小心包里的东西都掉落下来。伊玲一脸厌倦的样子，准备把东西装进包里，这时穿着黑衣服的少年向伊玲跑来。想抢伊玲钱包的青年和被吓到的伊玲在纠缠的时候不小心撕掉了伊玲轻飘飘的衣服。慌张的伊玲在提着衣服，青年也很慌张地直接跑了。伊玲吓得腿发软，一点都动弹不得。

姜宇向在车旁蹲坐着哽咽的伊玲跑来，看着逃跑的青年的背影，不放心扔下伊玲一个人，便快速通过无线电传达消息。

“穿黑衣的男子往 A 区域 1 层楼梯方向逃走了。”

伊玲吓得还在蹲坐着，阴沉着脸呜咽着。姜宇看到伊玲被扯掉的衣服便马上脱下自己的外套给她披上，担心地照顾着伊玲。伊玲说自己的腿一点劲都没有了，腰也很疼。姜宇扶起伊玲想让她站起来，但伊玲的腿没有一点劲儿，歪斜着就要倒下去。姜宇便抱起伊玲走着。虽然很疼，也受了惊吓，但现在伊玲很感谢这个男人，觉得他很帅。

恭实找狗找累了,一口咬着拿着的火腿肠。卫生间的大婶也说不知道,正想着要不要去问问仓库大叔的时候,大门那边突然有声音传来。恭实感觉有什么事情要发生的样子。走近一看,有人在费尽心思地想要打开锁住的门。这时,传来了“汪汪”的狗叫声。哦? 恭实听到了。

从停车场逃跑的青年使出了吃奶的劲想要打开锁着的门,但没有成功,他放弃了,朝反方向跑去。恭实跑到大门旁,又听到了狗的声音,一只狗用凶狠的眼神正望着恭实。恭实吓得一动也不敢动就那样站着,拿着火腿肠的手不停地颤抖着。

3

姜宇在向中元报告情况:“把伊玲送到医院了,也向警察那边请求支援了。”

中元让他在开业前确认卖场有没有受到损失。

石哲问道:“没有狗吗?”小偷明明是带着狗来的,看着包裹着绷带的手确实是被狗咬的,但是查看监控画面确实没有狗,只拍到了小偷自己单独来往的样子。说不定不是被狗咬伤的,而是被那个小偷咬的。程兰说:“不是被狗咬伤的真是庆幸啊。”

这时奎道进来小心地把中元叫了出去。中元想着什么事呢,便跟着奎道出来了。门前,恭实带着一点为难的表情站着。

“有条狗。”

在恭实的办公室里。中元说卖场进来个小毛贼,恭实摇摇头说:“不是,不光是有小毛贼,真的有条狗在这儿,而且就在我旁边。”恭实把手放在与自己大腿位置差不多高的半空中,抚摸着什么。虽然中元看不到,但真的有条狗坐在那里,而且是条很帅气的警犬。

恭实说着“在这儿坐着,真的很听话,手!”和狗对视着,弯着腰抚摸着称赞着狗真聪明。

“那么那只狗是跟着那个小偷一起进来偷东西的吗?”

这个是有点奇怪。它是一直跟在小偷身边的,但是小偷在逃跑的时候它没有跟着走,看来它跟着恭实过来肯定是有什么原因的。而且狗的脖子上带着和中元手中拿着的一样的狗链。

和想象的一样,狗的名字叫必胜。小偷偷东西的时候还带着它,这应该是他非常爱惜的东西。

这时必胜突然“汪汪”地叫起来，好像对恭实要求着什么的样子，用哀切的眼神看着恭实。这该如何是好，恭实小心地问中元该怎么办。

“狗好像在说要跟我去个地方呢。我得跟过去看看，说不定能抓到小偷呢。”

恭实刚要出门，中元就抓住了恭实。哦？必胜消失了。

中元一抓恭实狗就消失了，“要跟着去才行啊，这可怎么办？”恭实有些着急。中元紧紧抓住恭实的肩膀不让她走。

“不能跟着去。太伊玲也被那个家伙弄的去了医院。你知道你会变成什么样吗？既然都向警察报告了就会抓住的。抓住的话让我见见他。”

恭实的心里很不舒服：“必胜没有跟着自己的主人，而是向自己走来肯定是有什么原因的，要是找到小偷不是还能帮上忙吗？就那样跟着它走不就行了吗？”

“你好像是为了讨好甜甜的姜糖果晕头转向了，那是罪犯啊。要去哪儿，有危险不行，我说了不行！我说一遍你就给我听好了。”

“怎么突然这样了呢？平时想抓你的时候死也不肯，现在不抓也行的时候又非得抓着我。要是平时肯定是跟着狗去抓小偷了，肯定是有什么事需要自己帮助的，现在为什么又不让去呢?”但中元说危险,这是在为自己担心,恭实还是很感谢他的。中元怕被恭实发现自己的心意变得很尴尬,要了心眼,一下收回了抓着恭实的手。

“十万元。没有免费的,会从工资里扣的。”

“啊,不是说会给打折的吗,为什么又那样了。”可能觉得恭实的反应很有意思,中元改口说:“那么五万元!”说着笑着转身走了。

“太恭实一开始是藏在办公室里了,但不是针对周中元社长的。是…… 我会一直观察的。”

姜宇向中元的父亲报告完,挂掉了电话,但他还是放心不下。明明重新看了一遍监控,但没有一点狗的踪影。明明就没有狗。是被小偷咬伤的,因为太黑,是副社长的错觉吗? 那么刚才太恭实来找中元说有狗是什么意思? 太恭实到底在隐藏着什么?

姜宇的头脑很混乱。这时正好看到了恭实走过来。恭实惋惜地看着碎了的棒棒糖走着。姜宇喊住了恭实。听到姜宇的声音,恭实马上把糖藏在了身后。这是为了让她加油给的糖,姜宇看到它碎了说不定会失望的。姜宇看着恭实的样子更加疑心了,“手里拿着的是什么?”

恭实怕姜宇发现碎了的糖,马上问:“伊玲还好吗?”

“是,只是受到了惊吓并没有受伤,但是太恭实小姐你看到了什么?”

姜宇突然的提问让恭实说不出话来。这个男人,知道了什么?为什么会这样?

“刚才我看到你和周社长在说话,你不是说见到狗了吗?”

这该怎么办,偏偏又说起了这件事。

“谁都没有看到狗,监控画面也没拍到,那你看到的又是什么?真的看到狗了吗?”

恭实犹豫着到底说不说看到了狗鬼魂的事情,但是姜宇说过能看到鬼魂、幽灵的那些人最寒心最讨厌了,如果自己说看到狗鬼魂的话不就成了那个让人寒心讨厌的人了吗?该怎么办呢?啊,不管了。首先要无条件地先抓住姜宇。“谁都没有看到我怎么会看到呢!”恭实像正常人一样说着。

“那么你对周社长说看到狗了是怎么回事?”

可能觉得一直搪塞的恭实很奇怪,姜宇像审问一样强硬地逼问着。

“社长让我去找个人,说他在这里,不是汪汪狗而是那个人,‘他’在这里,我是在说那个话。看来你误会了。哈哈哈~”

拜托别再问了。越问谎话的痕迹就越明显。恭实显得很不安。

“那就当做我误会好了,但你刚刚在藏什么呢?那也是错觉吗?那个你又要怎么说呢?”

姜宇像生气了一样对恭实说着。恭实觉得再也藏不住了,把藏在身后的碎了的棒棒糖拿给姜宇看。

“这个碎了。对不起。这是姜宇很真诚地让我加油给我的……对不起。”

看到棒棒糖碎了,姜宇肯定会很失望,恭实很泄气。因为抱歉都没敢看姜宇的眼睛,打了招呼就走了。对于完全没有想到的情况,姜宇觉得很抱歉和为难,不知道该怎么办,感觉很难堪。

在屋顶的院子里,恭实静静地看着碎了的棒棒糖,试着把碎了的糖块拼起来,结果失败了。恭实不由得长叹了一口气。姜宇上了屋顶看到恭实,觉得很抱歉心里很乱。姜宇觉得刚才自己对恭实太不礼貌了,不能让恭实就那样待着,姜宇大步走上去坐在恭实身边。恭实吓了一跳,姜宇对刚刚因为说鬼故事而大叫发火觉得抱歉,向恭实道歉。“不。”恭实反而觉得更对不起:“都不知道姜宇那么讨厌鬼还讲鬼故事。”

“不是讨厌,是害怕。我在部队的时候见过很多死得很惨的人。曾经因为噩梦还接受过心理咨询呢。所以一听到那种东西在身边的话,就会很难忍受。”

“原来是这样啊,原来有那样的事啊。”恭实觉得姜宇看起来很可怜。

姜宇身边没有鬼,到现在为止一次都没有看到真是庆幸。

“棒棒糖碎了不代表什么,别太在意了。糖本来就是打碎了吃的。既然碎了现在就吃了吧。既然碎成了两半,就各吃一半吧。”

姜宇把糖拿出来,自己吃一半给恭实吃一半。这个男人越看越觉得不错,还会安慰别人。恭实把糖放到嘴里。糖很甜,就像恭实现在的心情。

中元大力地打了自己一巴掌,“呼”地从床上坐起来。妈的,做了个关于狗的梦。就知道是这样。看着枕头旁边的军犬圈,中元内心纠结着,难道是因为那个?

“我现在打算不花心思在必胜身上。虽然我能看到别人看不到的东西,但只要装作没看到就可以若无其事地生活下去。”

恭实简单地下决心一样对中元宣布。恭实怎样生活和自己无关,但是那狗出现在他的梦里总让他感到心里不踏实。中元用手机声音搜索 Nobody 并按下播放的按钮。音乐一播放恭实就神奇地看到必胜在摇着尾巴跳舞，看来是很喜欢这首歌。中元梦里出现的肯定是这条狗。中元不想狗再跳舞出现在梦里，因此想让恭实返还这条狗圈给它的主人，并把狗好好地送上天。

切，之前不是还拦着说危险来着。

“我当做没看见，不去看。”恭实伸出想要去抓住中元的手却被中元轻松地躲开了。

“跟着狗走，我也跟着一起去。”

保安室前伊玲递给姜宇音乐会的门票。

是今天晚上的票。以工薪男的月薪难以买得起的 VVIP 座位，伊玲傲慢地说道：“这是作为昨天的事情的补偿。”话虽然是这样说，但实际上是想和姜宇一起去，所以以此为借口。连音乐会九点开始，伊玲计划八点左右见面，一起吃顿饭喝杯茶，但是姜宇却毫无兴趣，反而是对伊玲感到无语。

“我所说的补偿，不是这张票，是和我一起去看。我觉得用物质来补偿太说不过去了，为了表示诚意才这样的。”

果然是太伊玲式的傲慢。但是姜宇并没有和伊玲一起去看的想法:“有想一起去看的人了。”姜宇爽快地道谢之后就走开了。虽然伊玲也对姜宇冷酷地回应着,但自尊心还是受到了伤害。妈的,真没礼貌!怎么那么不知道女人的心。

恭实背起包包准备离开,对着旁边跟着的必胜可爱地质问它为什么出现在梦里。

“什么出现在梦里?”

啊,是姜宇。恭实赶快以自己不久前看过的电影场景出现在自己梦里的理由搪塞过去。听到电影的姜宇露出高兴的表情问恭实是否也喜欢音乐剧。

好奇为什么问起音乐剧的恭实看到姜宇递出的票,姜宇邀请道:“早下班的话一起去看。”

恭实正高兴这天上掉下的大馅饼,却突然露出一副为难的表情。

不能长时间在黑暗的地方,还有听见尖叫的话会有可能立刻站起来跑出去的。自己分明就会那样。

“不是恐怖的东西,害怕的话抓住我就行。”

姜宇自信地露出自己的肌肉手臂给恭实看。呵呵,都这样说了那不能拒绝了。去就去呗,试试无妨。

中元和恭实在 KINGDOM 附近走着。当然恭实旁边跟着谁也看不见的必胜。天气那么热又不能乘车,还跟着看不见的狗,心烦的中元不断地抱怨道:“不是说讨厌它再出现在梦里吗? 要不我们放弃?”

妈的,真是束手无策。心烦的中元转变方向,恭实却对中元顶嘴:“社长,必胜往那边去了。跟丢了怎么办!”

“我看得见吗? 我看不见所以才这样,你叫什么?”

要准备八点约会的恭实催促中元加快脚步,这让中元更使坏心眼地闹着别扭说道:“啊,说过要和甜甜的姜糖果去看音乐会,你可以一直看到最后吗? 明明清楚旁边坐着什么!”

傲气的恭实说就算闭上眼睛也会在旁边坐着的豪言壮语后继续催促中元加快脚步。看到那样的恭实,上火的中元说天气太热,要喝点冷饮,便开始往相反方向走去。没有办法的恭实只好带着必胜跟着中元走。

进入咖啡店之后,恭实看了看目录后便催促中元赶快吃完离开。问中元要不要吃刨冰并把目录递给他看,却被他一手推开。

“我不看那些的。Long black 两杯。我只喝我一直喝惯的,我不喜欢看到别人在我面前喝比我好的。”

没有办法叫了两杯咖啡的两人坐在座位上喝了起来。

恭实轻声地问中元:“车熙珠有没有在梦里出现过?要是像必胜一样,车熙珠也出现在梦里说清事实就好了。”

中元一口咬定说一次也没有过。似乎恭实在被附身那天以后就没有在中元身边看到车熙珠了。

“鬼都喜欢找我倾诉,你要是有想说出的话我也愿意听。”恭实对中元说道。

“没有话要对你说。”

“什么,到现在还不相信我吗?难道是怕我听完价值一百亿的话之后拿着钱走人?”中元应该不会那样想吧。

“没错,不相信。人说得越多关于自己的事情越容易变成自己的弱点。我不会被你抓到我的把柄的。”

说到最后还是不相信,恭实也没办法,也不能勉强要求他相信,看来自己也不是让他信任的人。恭实犹豫地站起来,可能是看到必胜往哪里去了。中元也跟着起身。

“但是社长,虽然看不到狗,还是听着我的话跟来了,这也是信任。呵呵~走吧,往那边。”

中元在恭实背后皱起眉头。唉,又被发现了。中元相信恭实,所以才充当防空洞的角色。

中元和恭实进入家具市场。这是一个非常大却复杂的地方,而且人也不多。必胜的主人应该就在这里。中元再次对恭实嘱咐道:“看到人的话就提狗的事并把狗圈交给他,不要做出训斥的行为来刺激他。”这或许不是不相信而是太相信她才会这样做。中元所说的话是什么意思、意味着什么恭实都清楚知道。

或许会见到盗窃的人,虽然不如鬼般可怕,但恭实还是有点恐惧。这时候,恭实“哦”了一声露出开心的表情。恭实像吊起狗前腿一样地抬高了手,好像是在模仿必胜所做的动作一样,说是狗轻轻趴在自己的手臂上看着中元。

“必胜像我这样抬起了前腿,好像是在说没关系的,不用担心。”

还会帮自己主人说话。中元在后面跟着先走一步的恭实。这时候奎道打来电话。接通电话的中元脸色凝重起来。奎道在电话里说必胜是军犬,军犬圈是不久前遭到安乐死的军犬标示,负责这军犬的军人金贤哲现在处于武装逃离状态。那么说来昨天在 KINGDOM 藏起来的盗贼就是那个逃兵,而且那名逃兵现在带着武器躲在这里。中元的表情渐渐凝重起来。

5

在家具店的仓库里的一个角落正有一位看似逃兵的年轻人痛苦地哽咽着。双手颤抖地从包里拿出枪哭泣着说道:“必胜啊,我在这里跟随你去。”

另外一只手拿起和军犬必胜的合照。看着照片,眼泪不断地流下。

事情怎么会变成这样?逃离的军犬兵的名字叫做金贤哲,他所训练的军犬就是必胜。他们在训练的时候都会听着 wonder girls 的“Nobody”,贤哲边唱着那首歌必胜边为他和声,大家快乐地相处着。但是由于贤哲的失误导致必胜的腿受伤,必胜对担心无法通过军犬选拔考试而感到抱歉的贤哲的手臂上伸出了前脚。遗憾的是,必胜还是被判为再也没有利用价值的军犬并决定以安乐死处置。因为金贤哲是没有家人的人,所以对军医说只要让必胜活着,他会一直照顾到退队并带它出去,但是这不符合军队里的规定。因为无法守住必胜的罪责感和歉意让他在训练途中逃走,并且现在打算跟随必胜而去。但是马上要死亡时又感到很害怕,好像是后悔一样眼泪不住地流。贤哲好像下定决心要死一样悲怜地呼喊着“必胜”,颤颤抖抖地拿起枪。在恐惧中眼泪和鼻水汹涌流出。

必胜用真挚的眼神汪汪地叫着,看着恭实。恭实很心疼。它在请求恭实帮忙阻止自己的朋友做危险的事,所以来向自己请求帮忙。恭实想着想着心里越来越不是滋味。无论如何都想答应必胜的请求,但现在恭实都不知道该如何是好。看懂恭实内心的中元事先嘱咐道:“金室长已经向军队和警察申报了逃兵在这里的事。逃兵有枪,我们不能再跟去。警察很快就到了。”

“我知道,但既然已经来这里了也不能就这样走啊。在警察来之前不应该去劝服一下那名逃兵吗?”必胜在恭实身边不断地哼哼唧唧想要引起恭实的关注,“它在哭,必胜在哭。那人应该也在哭。”

“我看你每天面对死人已经看不到危险了,都说了他拿着枪,枪! 一不小心的话可能会死掉。”

中元的话说得没错。但是现在恭实因为担心狗主人所以只听得到必胜的哭泣。

“就算看见,也当做没看见,那样无视不就行了。”中元试着说服恭实。

“我是那样说过。但事与愿违。”

中元为了让恭实不要看必胜而伸出自己的手臂，“可以不看的嘛。抓住。”

该怎么办呢？抓住这手的话必胜就会消失。

“你不是说八点有约会吗？现在回家端庄地整理头发，换身衣服，化一化妆，用一副正常女人的样子去准时赴约。你不就是为了这样，总是向我嚷嚷着说要抓我。我让你抓，你抓着吧，走吧。”

中元欲抓住恭实的手向前去。恭实却后退一步躲开。

“我可能是无药可救的疯女人，我去去就回。”

恭实跟着必胜而去。妈的！太恭实！怎么那么不听话。中元无奈地跟随着恭实而去。

恭实全力奔跑紧随必胜，但却有点力不从心。必胜好像很着急一样在前面奔跑着。在仓库角落的贤哲好像要开枪一样颤抖地按下扳机，这时候奔跑的必胜突然跳起来。

“嘭！！！！”

这时在后面跟随着必胜的恭实和寻找着恭实的中元都吓得停下脚步。是枪声。卖场职员害怕地四处奔跑，说有持枪者，卖场里的客人都一窝蜂地逃离。贤哲慢慢地捡起打歪落在身旁的枪，人们看到后纷纷惊叫着，贤哲赶紧往人群的反方向逃去。

卖场里的人都丢魂一样地纷纷跑出来,此时,电视台和警察特攻队都到达这里,并重重包围着家具店。

中元不安地在家具店的各个角落寻找恭实,但却找不到。恭实到底去哪里了！就在这时,中元突然和持枪的贤哲遇上了。受惊的贤哲反射性地用枪口对着中元,警告他不要靠近。中元在那里一动不动地举着手。贤哲的手更加颤抖,脸上眼泪和鼻水交集着,简直不成人样。该是多害怕啊！中元小心冷静地和贤哲说起了话:“你应该没有要开枪打我的想法吧。如果有想打我的想法的话,还是快点打消吧。”

听到中元的话后渐渐冷静下来的贤哲把举起的枪慢慢放下。

“没错,现在把枪收起来,扔掉或者扔到那边更好。”

贤哲好像无力一般瘫软在地上,紧紧地抓着枪说没有要伤害任何人的想法,让中元离开。中元慢慢地转身想要离开,却突然停下来回头看了看贤哲。他还是个年轻人,却是一副衣衫褴褛不安的样子,看他害怕颤抖着不肯放下枪的样子,好像马上要发生什么大事一样,不能就这样放着不管。

中元虽然不大愿意但还是小心地向贤哲建议:“要不要一起出去。”但是贤哲却说要在这里做个了断,然后坐在那儿动也不动。看来劝说不通。虽然中元不愿给自己添麻烦,但是没办法,又不能不管,所以只能尝试其他方法。

“知道必胜吗?”

听到必胜这个名字后贤哲惊讶地看着中元,中元把手里拿着的狗圈给他看。一眼认出狗圈的贤哲顿时泪流满面。中元把狗圈扔给贤哲。

“必胜现在在你旁边。”

必胜已经死了,没听明白的贤哲疑惑地看着中元。

“我知道,是死去的狗。我看过那死去的狗,是非常聪明帅气的狼狗,你很喜欢 Nobody 吧!”

惊讶的贤哲想起以前的事情再次泪如泉涌。

“那朋友,一直在你旁边守护着你,让你不要做危险的事情。”

贤哲哽咽了。无法相信自己傻傻地让必胜死去,而它却一直守护着自己这个让人心寒的人。

“现在那狗像你这样伸手。”

中元像刚刚恭实那样摆起狗举起前脚的姿势。这是贤哲觉得辛苦的时候必胜经常做的动作。

贤哲哽咽起来。旁边的必胜走过来抬起前腿拍打着他好像在说没关系的样子。内心感受到的贤哲好像对自己鲁莽的行为后悔一样流着眼泪放下手中的枪。中元这时才安心地舒了一口气抬起头。哦?恭实在看着自己,不知道从什么时候开始在这里看着。感到不好意思的中元好像指责这一切都是因为恭实一样地盯着她看。恭实反而觉得这样的中元很了不起,像表扬他做得好一样向他笑了笑。

贤哲被警察特攻队包围带出来,他一脸害怕恐惧的表情。此时卖场的广播中播出 Nobody 的歌曲。贤哲停下来紧紧地抓住狗圈,向不知道身处何方的必胜露出微笑。

6

中元和恭实还留在家具卖场里,好像是在等外面报道摄像的记者全部离开,现在出去的话肯定会成为花边新闻。经常在家里的沙发舒服坐着的中元竟然差点中枪了,真是让人心惊胆战,毛骨悚然。

刚刚中元真的像看到必胜一样表演得很好。也是，之前在总能看到鬼的恭实身边真实地看到过，所以如果不是傻瓜的话，这种程度的演技是没问题的。

"刚刚向那个军人保证的会真的遵守吗？"

啊，那个约定。中元作为KINGDOM的社长傲慢地和贤哲约定了："只靠狗鬼魂的安慰过日子只会让你歪曲的人生更加难受，等你出来之后我会为你安排工作。"

想想必胜那条狗还挺聪明的，不单单把恭实带来，还拉来了中元，帮主人解决好将来吃住的问题。

恭实也觉得自己很了不起一样自我表扬："没有装作不知道并且做得很好。"

"下次让你走的时候你就立刻滚开，不让你走的时候就绝对不要走。"

中元凶狠狠地警告恭实之后说沙发太小想把恭实挤出去，但是恭实更黏在中元身边坐着并递给中元一张纸。不知道何时从卖场管理人那儿收到的确认书，确认没有受伤并且不会另外起诉卖场的确认书。恭实让中元看完签名，但中元却一震，把视线从确认书上移开。

"让人受惊之后想拍拍屁股走人？你读一下。"

果然难搞。恭实说自己已经读过了，让中元也读过后签名,说着把确认书递过去。中元再没有可以辩解的理由,只好说自己不会随意签名,坚持让恭实一行一行地读给他听。恭实嘟囔着:“又不是看不懂字,干吗老让我读给你听。”

生气的中元决定让金室长读给他听便一把抢过确认书。恭实对那样的中元感到有些奇怪,“社长,难道你无法阅读吗?”

就知道会这样,被些没用的事缠身还听着这么无中生有的话。妈的。

“不读而已。我不阅读。事情就是这样。”

“为什么会变成这样?”恭实不放心地瞅着中元。

“干吗,你觉得抓住了我的一个弱点了吗?”

“不是那样的。”装作坚强的中元让恭实感到心疼,虽然不知道为什么但却感到心疼。中元好像能感受到恭实的真心,他向恭实坦白无法阅读的事,是在那次事故以后造成的。被关期间,犯人一直让他读书。在那里读过的书,真该死,都是人一个接一个死去的内容。一行一行地读下来又有某个人死去。

把书读完之后好像就轮到自己死了。虽然幸运没死活了下来,但在那之后看到字就有种想吐的感觉。读书。对于中元是恐惧。

“原来如此。所以每天戴着耳机听着的是金社长的录音。”恭实对于那样的中元感到不安和担心。怎样做才能让他不害怕呢？怎样做呢……

“要是我也能对社长说如果你害怕就抓住我的话该多好。要不试一下？”

恭实真挚地说道，但是被中元无情地拒绝了。

“啊，那么把这个读给你听。确！认！书！本营业卖场……”

恭实拿起手中的确认书像给老人读书一样大声地一个个字地读出来。中元摇了摇头：“太恭实，太过火了。我是无法阅读不是听不见。”面对中元的指责恭实又一次像读童话一样温柔地读道。

中元又指责：“是在读童话吗？”于是恭实用了各种版本读出确认书，但是中元却一直用一副不满意的表情指责着。最后中元让恭实按照 do，re，mi 中的 mi 调来读。斗嘴的中元和恭实的样子看起来很有爱。

姜宇比约定的时间先到公演场，他徘徊着等待恭实。

这副样子被在一角带着墨镜的伊玲看在眼里。高高在上的太伊玲竟然被无视，她很好奇姜宇到底是和谁来看的，所以在暗地里侦查。伊玲一小步一小步地靠近姜宇，这时候姜宇的电话里闪起国际电话的号码。是中元的爸爸。

“是的，现在因为个人约定在外面，是和朱中元社长无关的事。以后也会继续关注朱中元社长身边的事报告给您听的。但是现在已经停止观察太恭实身边的事情，对她说谎感到很抱歉，请谅解，嗯。”

姜宇冷静地挂掉电话之后却看到伊玲公然地站在自己眼前。这男人，在背后调查朱中元吗？他对太恭实隐瞒了什么？伊玲好像发现什么大事一样一副兴致勃勃的表情。妈的！姜宇的表情凝固了。

“嗯，金室长，麻烦你现在过来。”

认为外面的情况应该整理得差不多的中元把奎道叫来。不知何时入睡的恭实倚着沙发以一副平和的样子睡着，手里牢牢地拿着确认书。中元瞅着恭实一阵子之后，视线停在她手里拿着的确认书上。

中元轻轻地从恭实手里拿起确认书瞄了一眼。真的吗？中元在看着恭实，就像这女人抓住我就看不到可怕的鬼一样，我抓住她的话就可以看得清可怕的字吗？内心估量着并想起恭实说抓一次试试看的话。真的可以这样认为吗？说不定真的行得通。中元想着要不抓一下？中元小心翼翼地把自己的手放到恭实的手上，然后把确认书当画一样举得老远地皱着眉头努力盯看。这时中元突然惊觉，这是在干吗？我为什么因为无聊的话这样做，难道自己相信这傻瓜一样的话？但却莫名地想相信一次。

第七章

你能听见我的心吗

“起床啊，车来了。”

中元“啪啦”地打了一下恭实的手，把靠在沙发上睡觉的恭实吓醒了。恭实站起来，伸了一个懒腰。

原来这个男人在身边，可以睡得那么甜，真的好幸福。

“要是可以再睡一会儿就好了，难道就不能再多睡一会儿吗？”

“你不是说有约会吗？”

“约会？哦，对了，和姜宇约好了一起去看音乐剧。”

恭实正要跑出去时，店面经理叫住了她。

恭实从家具店里出来，将装在信封里的确认书复印件拿出来递给中元。

接着，又拿出了另外一样东西，是一把情侣扇子，是卖场老板给的纪念品。

中元说不想被凑成一对，便推开了恭实的手。恭实撅着嘴，把扇子放回包包里，愣愣地站在旁边。

“你不走站在这里干吗？”

反正都要走，但中元似乎没有要送她的想法。

“无缘无故被凑成一对，差点就中枪了。”中元吓唬她说自己很累，但实际上他并不累，只是想避开恭实而已。

恭实就站在旁边，他不想被她发现他那颗在颤抖的脆弱心灵。

中元不能再卷入恭实所看到的世界里了，他和恭实之间必须划清界限，而且也只能这样。

“划清界限，就是要分开吗？”

中元的意思是，他们需要确定彼此的利用价值。

他指着从左手手腕到手肘之间大约五寸的地方，把它定为“太恭实区域”。

如果她需要防空洞，不需要问他，只要触摸一下这里就行了。

只有在看到中元喜欢的车熙珠时，才可以跟他说话。

恭实心里有点不好受,但中元说了这些话,心里还是感到很舒服,很开心。

“我不要。手臂上没有眼睛,没有耳朵,也没有嘴巴。所以,我不想看着它,不想听它说话,也不想跟它讲话。”

恭实感觉很遗憾似的,满脸不高兴,轻轻抓起“太恭实区域”说道。

他是因为不怕鬼神才这样说的,他不是故意这样做的,恭实觉得很难过。

“是啊,我不怕鬼神,但太恭实,你,你真的很可怕。”

中元说着违心的话。

自己信任恭实的心,却不想被她发现。不,信任她的自己看起来是多么懦弱啊!不可以这样。不能再向恭实表露自己的内心,他必须有所警戒。

中元的心,恭实怎么可能知道呢?

恭实只好打消念头,慢慢放下中元的手臂。也是,因为自己,差点就中枪了,难怪他会觉得害怕才这样说。

奎道把车子停在中元面前,中元一句话也没说,赶紧上了车。

望着渐渐远去的中元,恭实感到很空虚。

把恭实留在那里就离开的中元,心里并不舒服。

他必须要避开她。如果不这样做,他的心只会变得越来越脆弱。

宿舍前的游乐场。

今天,妈妈也来迟了。

承穆和承俊提着刚买的拉面,来到游乐场,承俊拉了拉承穆,指着放在椅子上的娃娃。

白天经过的时候就已经看到了,到现在也没人拿走,一定是谁扔在这里了。

“要拿走它吗?”

承穆话音一落,承俊就像等了很久似的,兴奋地跑过去。

他抱着娃娃,蹦蹦跳跳地回到宿舍。

这时,不知从哪里传来了小孩的声音。“你好吗?现在你已经成为我们的朋友,和我们一起玩吧。”

恭实快步走到了音乐厅前,突然听到有人在喊“太恭实”。

原来是伊玲。伊玲也来看音乐剧了。

在这种地方也能碰到,恭实感到很欣喜。和高中的时候不同,自己现在的生活乱七八糟,还以为伊玲会假装不认识自己,像上次一样,但伊玲还是和自己打了声招呼,恭实内心挺高兴的。

就像之前一样,恭实开心地回了一句"走好,小太阳"。

"嗯,好好干吧,大太阳。"

尽管大家还是像以前一样互相打招呼,但此时的伊玲却觉得恭实什么都不是,像个傻瓜似的,不知不觉间发出了讥笑声。

这是恭实做梦也没想到的。

姜宇接到中元父亲的指示,要监视所有接近中元的人物,包括太恭实。这也是姜宇故意接近恭实的原因。

为了贴身保护中元,这样做也是迫不得已。这是太伊玲从姜宇口中得出的事实。

在姜宇执行任务时,恭实一直以为姜宇对自己有意思,对于这种错觉,伊玲觉得很可笑,恭实一点都不值得别人同情。啧,好好干吧,大太阳。

恭实仍然蒙在鼓里。她走到玻璃窗前,对着玻璃窗整理着身上的衣服。

来得太匆忙了,也没有化妆,弄得一团糟。

恭实怕姜宇等久了,急忙冲进去。看到姜宇还在那里等她,恭实有点害怕他生气。

看着冲进来的恭实,姜宇反倒觉得更愧疚了。

偏偏自己的任务被伊玲发现了,心里很不是滋味。

这种心情真的不适合欣赏音乐剧。

“我们别看了，听说很无聊，而且又不是真的，我现在很讨厌看这类剧。我们去做点别的事情吧。”

这话听上去感觉是姜宇在自我反省似的。

也许是内心充满愧疚，想要补偿恭实点什么吧，姜宇没有追究她迟来的原因，只是笑着问她想做些什么。

恭实当然不知道他的心事，反倒因为自己的迟到而感到不好意思，她爽快地同意了姜宇的安排。

其实，恭实也不喜欢这种黑漆漆的地方，既然姜宇这样提议，实在太好了。

中元服下清心丸。

这时，奎道从信封中拿出确认书，吓了一跳。

中元竟然签了名。

他想到中元有读过内容再签名吗？但是，当听到是恭实读给他听的时候，奎道又吓了一跳。

原来中元跟恭实提过他的读写困难症。奎道感到莫名的开心。

中元身边终于出现了可以让他相信的人了，奎道的脸上不由得露出了笑容。

“我不会再卷入太恭实的生活了。这次差点就中枪了，我已经警告她了。”

话虽如此,但奎道知道,中元渐渐开始用真心对待恭实。

中元吩咐奎道,若太恭实对确认书的内容有任何疑问,随时都可以打电话问他。

奎道偷偷地试探中元。

“好的,我明天跟她说。听说她今晚去看音乐剧了,总不能现在打电话吧。这部音乐剧将会在 KINGDOM 秋季文化活动中演出,听说非常精彩。”

中元出乎意料地表现得十分从容。

他知道恭实必定静不下心来看音乐剧。

“要是突然有什么东西跳出来,她必定会害怕得慌忙逃跑,或者碰上可怜的鬼魂就追着出去帮忙。”

“不,等等,也有可能两者都不是。如果发生了意外,她早就打电话过来了,按现在的状况来看,应该什么事也没有。”

中元盯着桌子上的电话,就像盯着恭实时的眼神。

看到这样的中元,奎道又故意气他说道:“太阳小姐真的太过分了。我们主君在这里吃清心丸镇惊,而她却去约会。也是,考虑到社长,也不能不去啊!”

不出奎道所料,中元马上皱起了眉头。此刻中元的心情就如清心丸一样苦涩。

奎道咳嗽了几声。

大概是年纪大了,夏天也容易患上感冒。

中元也开始担忧起来。

奎道病了可不行啊,他充当中元的录音机已经有十多年了。

要是中元没有了嘴巴,那他就是唯一一个能够代替中元说话的人了。

金室长病了,中元很有可能就会遇到大麻烦。

也许是读懂了中元的心思,奎道向他保证,在他的接班人出现之前,他是绝对不会病倒的。

躺在床上的中元。

奇怪了,吃了清心丸应该马上就可以入睡,可是现在却一点睡意也没有。

旁边的电话机今晚也显得格外清静。

看样子中元正等着恭实的电话。

不知怎么的,中元莫名地生起气来。

某人在这头吃了苦药还睡不着觉,某人却在那头甜蜜地约会。想到这儿,中元既感到愤怒,又觉得委屈和不甘。

他猛地把电话翻过去,以此发泄自己的怒气。

恭实原本还期待着一个甜蜜的约会，现在却觉得格外紧张。

姜宇带着恭实来到了汉江边。

恭实和姐姐曾经来过这边吃炸鸡，她们吃完炸鸡后在汉江边散步，结果差点就被水鬼拉入水中。从那时起，恭实就再也不敢走近汉江了。

现在，因为姜宇不得不再次来到这里。

水鬼很可能会再出现，恭实必须时刻保持警觉性。

这时江边正好上演喷水表演，姜宇提议一起去观赏。

恭实越来越害怕。暂且先跟着姜宇走吧！

偏偏在这个时候，一个穿着田径服的鬼魂向她跑来。

恭实吓得立即调头，并加快脚步避开他，她朝着与喷水表演相反的方向走去。

姜宇看着她，“啊，那边是自行车租赁点，你想骑自行车吗？”

骑着双人自行车的姜宇和恭实。

就像爱情剧中男女主角约会时的情景一样。

要是那只鬼魂没有紧跟着恭实就更像了。

恭实不停地劝他走，但那只鬼魂反而越跑越快。

究竟是什么事需要恭实帮忙而这样子穷追不舍呢？

毫不知情的姜宇尽情地享受江面吹来的风,心情好极了。

“好久没骑过自行车了,好好玩。下次还来吗?”

“不要!”

恭实直截了当地拒绝,霎时间,让姜宇不知所措。

哎呀,恭实这才回过神来。

刚刚一直和那只鬼魂在说话,万一姜宇误会了怎么办。

“没有……我的意思是太热了,不想骑。”

幸好姜宇也相信她的话。

恭实让姜宇去买饮料,只剩下她和那个田径选手的鬼魂。

看着姜宇走开后,恭实马上跑到垃圾桶里翻找包装用的线,并拜托经过的情侣拿着线的两边。

一对情侣答应帮助恭实。他们接过线,放在地面的跑道上作为终点线。接着,恭实用手摆出枪的样子,口中大喊一声“嘭!”

田径选手的鬼魂飞快地奔跑起来冲向终点线。他对帮他达成愿望的恭实无限感激。恭实也高兴得拍起手来。

田径选手的鬼魂含着泪与恭实挥手告别,恭实也挥手与他作别了。

在其他人看来,恭实就像疯了一样,但恭实也是无奈啊!

恭实谢过那对情侣后,生怕被姜宇发现,便朝着他跑过去。

"怎么跑过来了,不在那边等呢?"

姜宇把饮料递给气喘吁吁的恭实。

两人又一起走去观看喷水表演,看着走在前面的姜宇,恭实好想哭。

真的很讨厌水鬼,千万不要再出来了,千万!

大概太劳累了,恭实一回到家就倒在娃娃旁边。

既要躲避水鬼,又要留意姜宇,必定累坏了。

那些水鬼不会跟到家里来吧,她抬起头环顾房子的四周。

家里谁也没有,但鬼魂随时都会来,她赶紧掏出手机搜索中元的号码。

正要拨通电话时,她突然停住了:"他应该会觉得我很恐怖吧。"

也是,无缘无故被卷进来,弄得鬼魂缠身,难怪他会觉得恐怖。

恭实有点闷闷不乐。

"嘀铃铃 ~"

恭实的手机响起来,是社长打来的。

突然有种飞来横财的感觉。

自己因为鬼魂的缘故,也正准备打电话给他。

嘻嘻。恭实轻轻地抓起娃娃的手臂,就像抓着中元的手臂一样。

“我有事问你啊。今天的音乐剧好看吗?我打算邀请他们在秋季活动中演出,你觉得怎样,评价一下吧。”

中元的想法很明显。

说是了解音乐剧的情况,其实不过想知道恭实和姜宇的约会罢了。

恭实不知道他的心思,如实回答他的问题,中元“扑哧”一声笑了。

但听到恭实和姜宇去了汉江边吹风的时候,中元一下子低落起来。

恭实继续说:“在江边散步的时候,既要提防水鬼,又要帮助田径选手的鬼魂,还要在姜宇面前装作若无其事,真的很累。”听完,中元又发出了“咯咯”的笑声。

她告诉中元,因为害怕鬼魂会跟着她回家,正想给他打电话。听到这句话,中元心里更是乐坏了。

生怕被恭实发现,在饶有兴趣地听完恭实的话后,中元反倒狠狠地批评了她。

“我不是让你了解清楚情况后打电话给我吗？我不是跟你说不要再告诉我你的事吗？你就直接说你没去看音乐剧就行了，挂了。”

中元挂了电话，满脸喜悦。这是满足的神情。

大概是因为心情愉悦，中元打了个哈欠，睡意也来了。

恭实根本不知道中元的心思，挂了电话后，她紧紧抓住娃娃的手臂，用充满爱意的眼凝视着手机。

不管什么原因，中元先打电话过来，她真的很感动，很开心。

能这样和防空洞说话，心情放松了很多，也没那么恐惧了。

恭实放下方才紧抓着的娃娃手臂，轻轻抚摸了一下，突然，她想起了中元白天说的话。

“除了手臂上的‘太恭实区域’，其他地方都不能触摸。”

想到这儿，恭实拨弄着娃娃的头发，脸上露出了幸福的笑容，自言自语：“但是实在太窄了是吧？”

她把娃娃的手臂抓得紧紧的，准备睡觉。

“嗒嗒”，敲门声响起。

“姐姐！姐姐！”。

是承穆的声音。

恭实“呼”地站起来，走去开门。

果然是承穆。

怀着不祥的预感，恭实跟着承穆跑出去了。

来到304号房间，只见承俊手里抱着一个娃娃，面色苍白，直冒冷汗。

三只小鬼围坐在他面前，一看到有人来，“唰”的一声消失了，像是回到了娃娃的身体里。

恭实走进房间，看到脸色苍白的承俊，吓了一大跳，赶紧四处揉揉他的身体。

但是承俊的身体还是冰冷冰冷的。

是装的吗？恭实又在他的背部按摩了几下，还是不行，她只好跑去拿药。

刚踏出房门，承穆就带着妈妈赶过来了。

妈妈身上还系着围裙，也许是在食堂工作时，听到承穆的话后吓坏了，围裙也来不及脱下就跑过来了。

她抱着承俊，边哭边道歉。站在旁边的承穆也忍不住扑上去，抱着妈妈放声大哭。

妈妈抱起承俊，和承穆一起去医院。

准备去拿药的恭实看到这情景，不自觉得松了一口气。这时，不知道从哪里传来了孩子们的声音。

“这孩子真差劲……还要妈妈抱……我们不要他这个朋友……”

应该就是这样吧。

承俊不可能无缘无故生病吧。

恭实抬起头，目光刚好落在楼梯上面的三只小鬼身上。

哦，原来是他们，是他们吓坏了承俊。

三只小鬼听到声响后，“呼”一声躲进304号房间。

恭实马上追过去，猛地打开门。

但是房间里什么也没有。

三只小鬼躲在哪里呢？

恭实环顾四周，也没有发现什么地方可以躲藏。突然，她的视线落在了掉在地上的娃娃上。

这个娃娃以前没见过啊，有点奇怪。

“你们藏在里面吧？”

恭实似乎很确定，使劲地摇晃着娃娃，叫他们快点出来。

大概是经不住恭实的晃动，娃娃的眼珠突然闪了下光。

恭实把娃娃装进购物袋里，推给刚来上班的中元。

像跟老师打小报告一样，恭实如实将昨天晚上发生的事情告诉中元，中元听得皱起了眉头。

这只娃娃看上去让人有种不祥的预感。

“娃娃里面有几个小鬼,但……”

中元捂着她的嘴。

他不想再听了。

然而,这一举动又让恭实想起“太恭实区域”。

没多没少,从手腕到手肘,刚好五寸。

恭实收回伸出去的手,捋了捋胳膊。

不是因为害怕才跟他讲的。

恭实闷闷不乐地转身准备走,中元突然大声斥责她。

恭实要是知道因为昨天的事使中元吃了清心丸也睡不着,至少要问候一下他,或者给他买维他命丸,这样才正常嘛。但是一见面,她就一直嘟囔着鬼魂附在娃娃身上的事情。

听完后,恭实感觉有点愧疚。

但是又觉得中元说得对。

的确,那样做才正常啊!

虽然现在有点迟,但恭实还是像想起了什么似的,从包包里拿出一瓶清心丸,递给了中元。

其实,这瓶药原本是为了让恭实在看到鬼魂时保持冷静用的,但现在遇到中元,已经很少碰到鬼魂了,所以就没再吃药。

本来还想挑她的刺儿，但看到恭实如此快速的反应，中元愣住了。

他说这些药出处不明，不吃。恭实转过身，收拾好购物袋就离开了。

在一旁等候的奎道，感觉情况不妙，也跟着恭实出去了。

明明是中元指责她的，却要奎道费尽力气开解她。

奎道安慰她说“太恭实区域”很快就会变宽。不知不觉中，他在照顾着她。

“对了，上次拜托的事。”

奎道交给恭实一个信封。

是中元被绑架时，劫匪抢走的那条项链和车熙珠的照片。

恭实仔细看了两张照片。

开始听说的时候，还不怎么相信，现在看到项链的照片，还真觉得值上百亿。

至于车熙珠……真的好漂亮。

看到鬼魂的时候就已经很漂亮了，活着的时候更加漂亮。

中元喜欢的人真漂亮，想着想着，恭实有点畏缩。

恭实把照片放回信封里,再将信封放进抽屉。

接着又把袋子里的娃娃拿出来,不停地晃动责备道:“除了你们,我还有其他人要找啊,不要再躲了,赶快出来。你们这群孩子真烦人,为什么这样做,告诉我。快点!”恭实就像在批评做错事的小孩子一样。可是即使不断劝导他们,娃娃还是没有任何反应。

恭实更气了,继续斥责他们,让他们赶快出来。这时,有人喊了一声。

是姜宇。

他是什么时候来的,只见姜宇拿着咖啡站在恭实旁边,用奇怪的眼神望着她。

哎呀,居然被他看到了。

恭实感到有点难堪。

“你该不是和娃娃在说话吧?我都看见了,而且见过好几次了。”

啊,他见过?他看到什么了?他不会是看到我和鬼魂说话吧?

原本就觉得难为情的恭实,现在更加心烦。

“我的高中同学中也有这样的人。他给自己的铅笔取了个名字,然后天天对着它讲话。说起来,他现在会在哪里呢?”

听到这话，恭实反而有点不好意思了。那个同学应该在精神病院里面吧！

恭实顿感忧伤。

“哦，他在NASA(美国航空航天局)里。他说要制造一艘能飞往仙女星座的宇宙船，想不到他真的在做。恭实小姐大概也属于想象力丰富的一类人吧。”

想象力？

恭实突然很感谢那位高中同学。

差点被说成精神病人的她，幸亏有了这位高中同学，才成为想象力丰富的人。

姜宇递给她一杯咖啡，恭实像要展示她想象力丰富的一面，在姜宇面前演起戏来。

“咖啡，咖啡，你长得真黑啊……哼~”

这样的恭实真可爱，姜宇“扑”的一声笑了，他让恭实和咖啡慢慢聊，告诉她：“要是不喜欢黑色，可以加点奶油进去。”说完，他便走开了。

恭实这才松了一口气。

但另一方面，她又觉得很不安。

就算姜宇是因为害怕鬼故事而不想提起鬼，两人也可以聊聊其他话题。

这样子或许会更好，现在不但瞒着姜宇，还欺骗了他，恭实心里确实不好受。

才刚松了口气的恭实，现在又因为不安觉得很累。哎哟……

“咳咳，咳咳。”感冒又严重了。

奎道向中元汇报工作时，不停地咳嗽。

突然，奎道晕头转向的，眼看就要倒下。

中元吓得赶紧扶起他，奎道说坚持不住了，拜托中元今天找个能顶替他的人。

中元顿时产生了一种不祥的预感。

中元的预感终究应验了，恭实代替了奎道的位置，拿着奎道原来负责的文件。

恭实看上去自信满满，毕竟以前有过当秘书的经验。

她曾待过的公司名为“Sarah 金融”，是一家不错的小规模金融公司。

因为社长旁边经常出现头上被砍着斧头的鬼魂，于是便辞职了。

“Sarah 金融？去年那里的社长不是因涉嫌教唆杀人而被拘捕了吗？难道你只留意鬼魂，都不留意新闻报道的吗？”中元轻蔑地说道。

恭实并非没看，只是没兴趣罢了。

新闻报道的应该都是事实，但是恭实能看到鬼魂后，却发现并非如此。

所以，她觉得没必要去看新闻和报纸。

“今年年初报道的那位画家获得了世界奖项，报纸新闻上大写特写，但事实并非如此。其实，这位画家是偷取了朋友的作品，而在新闻、报纸上却说是他自己的画作，不知道就算了，而知道真相的人便会觉得新闻、报纸并不可信。那位朋友觉得很委屈，就去找画家理论，谁知道却差点因诽谤罪被画家起诉，现在想起还心有余悸。那个画家就是……”

“不要再说了，你知道就行了。我只知道我们国家也有很多得奖的优秀画家，仅此而已。不管你说的是不是事实，还是要多读报纸。”

要是再听下去就好了，偏要这样子。

说实话，恭实能将自己知道的事告诉中元，就已经很开心了。

有中元在身边，她不用再担惊受怕，要是中元能认真听她说话就更好了，但他却说不想听，恭实觉得有点遗憾。小声嘟囔了几句，就下去看报纸了。

“为 KINGDOM 儿童举行的夏季活动获得消费者的好评……”

太恭实代替了金室长的位置?

石哲露出意味深长的笑容。

太恭实最终还是成为中元的弱点,石哲暗暗自乐。

如果中元的姑姑程兰反对,中元的父亲也必定反对,问题是中元最讨厌的人就是他的父亲。

不知道是否属实,但有传闻说车熙珠就是因为中元的父亲而死的。

当年中元被绑架时,因为中元的父亲不肯交出赎金,劫匪便杀了车熙珠。

这也太不像话了,也许是其他人胡说八道。但中元一直都是这样认为,不,是一直确信事实就是如此。

中元的父亲流浪外国,很可能是为了寻找当年丢失的项链,从而化解他和中元之间的误会。

但这些都只是猜测,真相谁也不知道。

这样说的话,为什么中元的父亲要姜宇暗中监视中元呢? 是因为中元见过绑架嫌疑人吗?

害怕劫匪会再出现在儿子身旁,所以派人监视,抑或是另有意图。当然,这也只是推测,谁也不知道。

中元环顾 KINGDOM,恭实紧贴在他的旁边和他交谈着。

姜宇站在远处观察着两人。

他们到底是什么关系，是传闻所说的关系吗？真猜不透。

但是看到两人在一起，姜宇心里很不是滋味。

“你在工作吧？监视！”

原来是伊玲。

姜宇冷笑一下，伊玲说道：“不是监视，是嫉妒吧？看见喜欢的女人和别的男人在一起，是嫉妒对吧。”

伊玲的心情不太好。

对恭实撒谎说喜欢她，现在居然在嫉妒？

姜宇不知道伊玲究竟是在开玩笑，还是认真。

这样的伊玲真的很烦，姜宇问她：“为什么老是跟着我，是在监视我吗？要不……”

伊玲惊慌了，但表面还装作若无其事，说绝对不是因为喜欢他才追着他跑。

她强烈否认，并表示像自己这样的大明星、大名人是绝对不会看上他这种工薪阶层的。

强烈的否定等于强烈的肯定。

机灵的姜宇好像已经发现了她的心思。

“如果是大明星，普通人会很难经常见到吧？像你这样经常出现，就跟同村的小姐差不多。”

被姜宇这样一说,伊玲的脸顿时沉下去了。

哼,如果我是村里的小姐,那村里的叔叔就是元彬,奶奶就是高斗心。

“太伊玲大明星,你的真人还没有电视上看那么漂亮,所以,不要再来了。”

说完,姜宇就转身离开了,看着姜宇的背影,伊玲十分尴尬。

分不清姜宇是在开玩笑,还是认真的。

分不清是他在夸她漂亮,还是说她不好看;他是在监视太恭实,还是在嫉妒。

唉~无论是伊玲如何滔滔不绝,还是表面装老实,对姜宇来说,一点用也没有。每次看到姜宇,都会被他嘲弄一番。

这男人真让人费解。

在儿童购物中心里,一个孩子神色慌张,脸露惧色,在角落里走来走去,寻找着什么。像是丢失了一件很重要的东西。

小孩子前面站着一个小鬼,他边笑,边做出“跟我来啊!”的手势。

“和我们一起玩吧,我们做朋友吧,我们和你都是一样的。”不知道从哪里传来小鬼们的声音。

小孩像中了魔似的，跟着小鬼们走去。

正值KINGDOM儿童购物中心的活动季，挤满了前来挑选玩具的妈妈和小孩子。

中元带着恭实，来到购物中心巡视现场。

每次看到小孩子哭闹着让妈妈买玩具时，中元就会忍不住笑。

如果一个孩子能促成一笔交易，那么他的爸爸、妈妈、爷爷、奶奶、外公、外婆等，粗略估计也可以促成6笔交易了。

再加上未婚的姨妈、姑妈、叔叔，消费能力大得吓人。

对喜欢计算和估价的中元来说，没有比这更开心和兴奋的事情了。

在他看来，小孩子只意味着钱。

恭实跟在中元后面，就像做报告似的，把整个卖场展示计划方案读给他听。

走了几步，恭实似乎发现了什么，“啊”了一声，指着前面。

恭实指的正是不久前在购物中心里走来走去，寻找东西的小孩，还有一个女人，应该是他的妈妈。

小孩的手上提着恭实拿来的娃娃。

这是那只吓坏承俊的娃娃。

为什么娃娃会到了小孩的手上呢？很危险啊！

恭实担心万一小孩像承俊一样，被娃娃里面的小鬼吓坏了怎么办呢？

妈妈狠狠地拉着小孩，走出了KINGDOM。

被拉走的小孩像受了惊吓似的，惧怯地紧紧抱住娃娃。

恭实赶紧追上去，但小孩和妈妈已经消失在人海当中了。

出大事了。

保安室里。

幸好监控捕捉到了小孩和妈妈的画面。

姜宇交给恭实一张小纸条。

“小孩的妈妈是这里的会员，已经打听到他们的住所了。”但姜宇不明白那个娃娃为什么这么重要，恭实为什么要这样做。

“我快下班了，和我一起去找他们吧。”

“不行，太紧急了，我必须现在就出发。”

恭实的表情非同寻常。事有蹊蹊。

今天本来是要代替金室长协助朱社长工作的，然而还没到下班时间，恭实就莫名其妙地说要去找娃娃，真是理解不了。然而吝啬、冷酷无情的朱中元竟然同意了，真让人不敢相信。

肯定是发生什么事了。

姜宇的表情复杂起来。

“你说去，去哪里呢？如果想去的话，就用金室长的声调再录一次音之后再去吧。”

恭实把录音带递给中元，中元一手甩开了。

谁都知道这是中元在耍赖，不让她走。

恭实劝道，就因为那个娃娃，住在宿舍的小孩都病了。但不管她怎么说，中元还是没有丝毫的反应。

恭实急了，试着用恭实式的威胁。

“不知道那个小孩会不会生病呢，万一他是因为拿了KINGDOM的玩具而生病起诉我们，那可怎么办呢？”

中元惊住了，眼盯着恭实。

不管怎样求情眼睛也不眨的中元，一听到起诉这些烦心事，顿时打起了精神。

“但是我首先要确认他是不是只拿了娃娃。还有，如果我说停，你就必须停下来。如果你这次也不听我的话，那‘太恭实区域’就永远不会消失了。”

恭实心想，太好了，接连点头。

叮咚叮咚～

焦急的恭实按响门铃，中元站在她的后面看着。

门“嘎吱”一声开了，小孩的妈妈探出头来。

“您好，我们是从 KINGDOM 那里来的，请问您的小孩今天是不是捡了一个娃娃？”

小孩的妈妈冷笑了一声，装作若无其事地说：“今天去那儿是儿子让我帮他找丢了的书包。”说完，正要把门关上。

就在这时，恭实一下子抓住了门。

她听见房间里小鬼们的说话声。

“是那个姐姐，快躲起来。”

他们肯定在里面。

但是，小孩的妈妈不知为什么一直在说谎。

恭实十分着急，总想进屋看看，然而，小孩的妈妈却强烈反抗，两人争执起来。

“我们只是想确认您拿回来的物品没有任何质量问题，防止以后出了问题向我们追究责任。”

在这场争执里，中元要说的话仅此而已。

这样说是为了预防 KINGDOM 名誉受到损害。保证 KINGDOM 绝对不受伤害是中元的信条。

小孩的妈妈坚决地说不会发生那样的事，然后用力地关上了门，恭实不禁担忧起来。

他们明明在里面。

小孩的妈妈为什么要说谎呢？

要是中元能帮忙一下就解决了，他还是那么冷酷无情。

她知道中元并不只是因为害怕被起诉而跟来的。

她知道中元还是有一点点担心小孩子的。

怀着这样的想法，她再次拜托中元。

“好了，你再不走的话，以后连纠缠我的机会也没有了。”

哎，和他说不通。没办法。

恭实满脸不悦，无奈之下，只能跟着中元离开了。

确定外面没声音后，孩子的妈妈再次打开门，拿起放在门边的雨伞。

小孩的妈妈十分生气地走进房间，小孩正抱着娃娃蜷缩在在角落里。

也许因为害怕，他把娃娃抱得更紧了。

“你，你知道自己做错了什么吗？”

小孩边哭边认错，但是她的妈妈并没有因此而原谅他，反而拿起雨伞拼命地打他。

小孩用自己的身体抵挡着，但力气明显不足。

掉在地上的娃娃和小孩一样,露出了伤心的表情。

恭实不安地看着空空如也的购物袋。

比起被拿走的娃娃,她更担心那个小孩。

他肯定会害怕的。

这时,姜宇拿着一个幼儿园的书包走来,上面写着小孩的名字。

这个书包有可能就是小孩子丢在KINGDOM的物品。

书包前贴着一张小孩的照片。

“这是顾客的遗留物品,你看是不是那个小孩的书包?”

是啊。照片上的人正是刚刚拿着娃娃的那个小孩啊。

姜宇走出办公室,提议要下班之后和恭实一起去找那个小孩。

恭实想太好了,要是跟他的妈妈说书包找到了,她会不会打开门呢?

恭实无心地翻看书包里面的东西。

出于好奇心,她取出了一本素描簿,看着看着,恭实的脸黑了下来。

“有一位不错的画家,我想买几幅他的画,你也要买吗?”

程兰浏览着艺术品的介绍,问起旁边的中元。

她说的这位画家叫金盛浩,他的作品在今年年初获得了具有世界性权威的透纳奖(the Turner Prize)。

中元突然想起恭实的话。

该不是那位偷窃了朋友的作品才获得世界性大奖的画家吧?

哎,中元迟疑起来。

要是不知道就算了,这样好的投资机会摆在面前还犹豫。

如果不是就好了。

如果金盛浩不是恭实所说的那位画家就好了。

哎,不知道就先去确认一下吧!

中元怀着细小的希望,打开恭实办公室的门。

咦?一个人也没有。

那个女人又去哪里了?忽然,他看见书桌上放了一个书包和一本素描簿。

是刚刚那个小孩的书包吗?中元翻开素描本,看着看着,他的表情僵硬起来。

画册上画了一个在黑暗中哭泣的小孩,一个拿着雨伞打人的妈妈,一个蜷缩在衣柜里流泪的小孩,还有其他充满忧郁和令人伤心的画。

每翻看一张，中元的心就抽搐一下。

居然有这种荒唐的事！

中元有种不祥的预感。

恭实躲在公寓的走廊末端，正注视着某个地方。

是刚刚那个小孩的屋子。

这时，小孩的妈妈拿着垃圾桶走出来，恭实赶紧趁机溜进去。

门口插着一把雨伞，伞骨已经折断了。天还没黑，但屋子里十分阴沉。

恭实不安地扫视着屋子，小心翼翼地走进了小孩的房间。

是娃娃！

娃娃掉落在房间的一个角落里，恭实快步走过去把它抓起来。

“出来，我知道你们不是坏人，快点出来，快点。”

“唰～”

三个小鬼从娃娃里面跌落出来，神色恍惚地站在恭实面前。

他们边哭边指着衣柜。

衣柜门被绳子紧紧地绑着。

不会是……

恭实赶紧解开绳子，打开门一看，只见小孩蜷缩着坐在那里，神志不清，满身都是淤青和伤痕。

天呀，怎么办才好啊！

恭实吓得马上抱起小孩，安慰着他。

小孩依然紧紧抱住娃娃。

“请问您在干什么呢？”

小孩的妈妈不知什么时候进来了，此刻正怒视着恭实。

怎么会有这样的妈妈啊！

恭实再也压制不住心中的怒火，朝着小孩的妈妈骂道：“你说要惩罚他，就是把他弄成这个样子吗？我现在要带他走。”

小孩的妈妈推开恭实，抢回小孩，说她怎么做与她无关。

恭实气得全身颤抖，不小心撞在墙上跌倒了。

但是绝对不能扔下孩子不顾。

恭实站起来，跑过去把小孩抢回来，用力将小孩的妈妈推倒在地上。

看到倒地的妈妈，恭实赶紧抱着小孩跑了出去。

刚出门，就碰到站在面前的中元。

他愤怒地挡在恭实面前。

抱着小孩的恭实不安地看着他。

中元会让她照顾孩子吗？还是说不关她的事让她别管呢？

恭实很害怕。希望不要这样……

中元满脸愤怒，他从不安的恭实手中抱起小孩转身就走。

恭实哭了。

太好了。

真的很感谢中元过来了。

抱着小孩的中元愤怒地大步往前走，后面的恭实也赶紧跟上。

小孩躺在急救室的床上，护士把他的衣服脱掉，全身都是被虐待的痕迹。

简直是两眼无法直视的伤痕。

这孩子该有多痛啊！那段期间他是怎么熬过来的，想到这些，恭实泪如雨下。

然而，中元仍然表现出一副冷漠得可怕的表情。

不可以原谅，不，是无法原谅。

比起难过，中元更多的是愤怒，是对小孩妈妈的愤恨。

看着熟睡的小孩,恭实对手上的娃娃感到过意不去。

"听说陪在小孩身边度过最后一刻的不是大人,而是这个娃娃。"

恭实内疚地抚摸着娃娃。

被妈妈虐待赶出家门,光着身子在寒冬中冻死的时候;被沉迷游戏的父亲暴打,流血至死的时候;几天没饭吃,晕倒在地上饿死的时候;没有人帮助过他们,也没有人拥抱过他们,更没有人可怜过他们。

所以,有着相同遭遇的小孩都聚在娃娃里,成了好朋友。

可能是有感而发吧!恭实伤心地抱紧了娃娃。

"对不起,谁也没有拥抱过你们,对不起。"

恭实伤心地啜泣着,这时,三个小鬼齐刷刷地出现在她面前。

他们一起安慰她,哄她笑。

随后,他们用幸福的笑脸面向恭实,"唰~"飘到空中后飞向了远方。

哭成泪人的恭实微笑着看着天空。

中元呆呆地凝视着恭实。

心里很不是滋味。

姜宇经过娃娃售卖点,被一只粉红色的 Dooly 娃娃吸引住了,Dooly 娃娃还有粉红色的?

“这是 Dooly 的女朋友恭实。”

恭实? 他说 Dooly 的女朋友是恭实?

姜宇大笑起来。

恭实是恐龙?

他拿起绿色的 Dooly 和粉红色的 Dooly,觉得很新奇。

姜宇拿着 Dooly 娃娃走进恭实的办公室。

但是恭实的办公室里什么人也没有。

姜宇开玩笑地对着粉红色的 Dooly 命令道:“恭实去哪里了? 太恭实不在,你这只恐龙恭实要在这里看门啊。Dooly 就到保安室守着。”

单是想想也觉得可笑,姜宇“扑哧”一声笑了出来,然后把粉红色 Dooly 放在了书桌上。

总觉得这样做,就像面对面跟恭实表达自己的感情一样,姜宇有点难为情,便想把 Dooly 放进抽屉。

他打开抽屉。

看见里面放了一个信封。

这是什么呢?

出于好奇,姜宇想打开来看看,但是又觉得不太适合。

这样做明摆着是侵犯隐私权啊!

姜宇收回自己的好奇心,将粉红色的 Dooly 放在信封上面后,便关上了抽屉。

"我把娃娃烧掉了,孩子还好吧?"

中元说孩子已经从头到脚接受了检查。听到这话,恭实安心了。

正在这时,警察挡在了两人的前面。

"是你们俩把昌敏带来的吧?你们犯了私闯民宅、暴行和拐骗儿童罪,麻烦跟我到警察局走一趟。"

天啊,这是哪来的晴天霹雳啊!

私闯民宅是什么啊,拐骗又是什么啊!

恭实愣着站在那里,然而,中元还是一如既往的淡定,大概早知道会发生这样的情况。

又被凑在一起了。

妈的。

中元走在恭实的前面,跟着警察走了。

因为不舒服,一早下班的奎道不知什么时候又来公司了,匆忙收拾好文件袋后走出办公室。

正好碰见了一起进来的程兰和伊玲。

如果是以前，不管碰不碰见，奎道都会用“一起去吃饭”的借口给中元和伊玲创造机会。

但是很遗憾，今天是不可能的了。

因为情况不同啊！

在拘留所里，中元和恭实各自进了男女间。

中元盘坐着，强忍着怒气，看上去十分凄凉。

都是因为太恭实啊！

这样被凑在一起，哎……悲惨的人生。

不知恭实是否明白中元的心思，她靠着铁窗坐下，向着中元的方向，担忧地问起他是否还好。

“你给我安静点，你看跟着你我到哪里了，我在思考以后该何去何从啊！”

“社长，不要担心。我来过这里几次了，也没什么。啊，这里的牛杂碎汤很好喝，如果你饿了，我帮你点吧。”

在这种情况下肚子还会饿吗？中元很无奈。

“你说朱中元社长在警察局？为什么啊？”

伊玲这会儿才意识到，跑到姜宇处告诉他。

姜宇的表情僵硬起来。

他担心是不是中元出了什么麻烦？

虽然姜宇的工作总在暗地里进行,但他的工作都是为了确保中元的安全。

伊玲提议和他一起去警察局看看。

姜宇一句话没说就走了。

伊玲生气地大喊:“一起去。”但姜宇还是没等她,伊玲只能灰溜溜地跟上去。

中元出了警察局。

这是多亏了他的贴身助手奎道的及时出现,事情才得以解决。

恭实也跟着出来了,她满脸愧疚。中元怒视着她。

为了避开中元的视线,恭实走到奎道身边,一个劲地感谢他。

也只有奎道能够体谅她。

虽然中元向奎道使了眼色,但奎道还是对恭实说没关系,做得好。

“您说的关于孩子的问题,我已经处理好了。剩下的就交给 KINGDOM 的法律顾问处理。我还有事要做,你们先回去吧。”

奎道把车钥匙给了中元后,就进了警察局。

恭实十分抱歉,不停地向中元道歉。

"你不需要道歉。太恭实,你做得很好。"

啊? 这不是恭实预想的结果啊!

正常情况下,他应该是乱闹一通,然后说被凑成一对真的很痛苦之类的话,为什么他反而称赞起她了呢?

不管理由是什么,恭实心里还是很高兴,很感谢。

恭实用手拨了拨她凌乱的头发,她是现在才有空检查一下自己,却发现额头边多了一条伤痕。

中元捧起她的脸,担忧地看着她的伤痕。恭实觉得很难为情,她说没有关系,简单包扎一下就可以了,然后笑了笑。

但是中元却非常在意这个细小的伤痕,他托着恭实的下巴看来看去,突然,他大怒起来。

"那位母亲真该死,已经把自己的孩子弄成这样子了,还要把别人的孩子弄成这样吗?"

这一瞬间,恭实感觉中元就像她的妈妈一样。

恭实感谢这样的中元,也为他这样担心自己感到开心。

中元站起来,说要和她一起去医院。恭实兴奋地跟着中元上了车。

今天,两人显得分外亲密。

刚刚开进警察局停车场的伊玲看到了这一幕。

"什么嘛,因为太恭实,朱中元去了警察局? 真是不能理解。”

姜宇也吓了一跳。

也许是一种背叛感,也许是一种空虚感。明明是监视,为什么变成嫉妒呢?

姜宇生气地转过身,大步地离开了。

姜宇来到恭实的办公室,他猛地打开门进去了。

原本难受的心,再加上背叛感,愤怒,嫉妒等情绪,怀着复杂的心情,他打开了抽屉。

粉红色的 Dooly 娃娃还在那里。但是姜宇已经没有了刚刚放娃娃时的心情了,他冷淡地把娃娃收起来,同时拿起放在底部的信封。

他毫不犹豫地打开信封,是项链和车熙珠的照片。

顿时,姜宇的表情呆滞起来。

原来太恭实和车熙珠之间有关系,中元还如此相信恭实,把重要的工作交给她,那……

大概这就是恭实所隐瞒的事了。

姜宇冷静下来。

他把信封放回抽屉,一把揪住 Dooly 娃娃离开了办公室。

“咣”的一声用力把门关上,就如他现在对恭实的心一样。

在医院接受完治疗的恭实,额头上贴了一块胶布。

她看上去心情不错。

以前来医院总是很害怕,所以即使不舒服,也会强忍着。然而,现在和中元一起,无需担心鬼魂会缠身了,感觉真好。

以后要是不舒服,也能和这个男人一起来就好了。

“你希望去哪里呢? 你真没良心,太过分了。也是,把你拉到拘留所了。不管你去哪里,我肯定也会被拉过去的。”

就像厄运似的,中元叹了一口气,在医院前面的长凳上坐下。

正如无法避免的命运,中元感到很烦躁。

看着这样的中元,恭实感到很抱歉,她在中元的旁边坐下,低声地说了句加油。

“太阳,不要靠近我,要起火了。”

恭实赶紧从包包里拿出扇子递给中元。

这把扇子是家具卖场里的特价品。

哎呀,恭实又退缩了,想把扇子收回来。

他说过不想被凑成一对。

恭实还在烦恼时，中元似乎没在意，迅速抢了她的扇子，用力扇起来。

恭实脸上露出了笑容，也一起扇起扇子来。

“金室长说他会过来这里，再等等吧。”

中元突然停止摇扇子，愣愣地望着乐观的恭实。

在灰沉沉的太阳还没升起时，中元的世界还是完美的。

他可以做着自己喜欢的事。

但是，恭实出现后，把鬼魂都带进来。还在挣扎着是否要把她赶出去时，却差点中枪了。

他突然明白到不是恭实把鬼魂带到中元的世界，而是中元陷入了恭实阴沉的世界里。

当他不想再被牵扯进去试图挣扎时，今天在拘留所里，却又发现了另一件事。

她去到哪里，他就要去到哪里。

“你说过你想待在我的身边吧？恭喜你成功了。”

恭实一脸不解地看着中元，恭喜？成功？

那以后我的故事他都会听吗？这样好啊！

在经历层层困难后，中元懂得了照顾她，这让恭实感到抱歉又愧疚，但她还是很开心。

像大发善心似的，中元用扇子“啪啪”拍了两下恭实的肩膀示意她靠过来。

恭实慌张得缩到一边去，中元用扇子扳动她的头使之靠在自己的肩膀上。

“这是你的愿望吧。休息一下吧。”

瞬间，恭实的脸变得红扑扑的。

这里不是“太恭实区域”……

“反正身子已经被玷污了，就用吧。”

疲惫的中元静静地闭上了眼睛。

恭实靠在中元的肩膀上，也闭上了眼。

但是她却睡不着，心脏在“扑通扑通”地跳。

突然，恭实惊慌地张开了眼。

奇怪了。

都没看见鬼魂，怎么会睡不着觉呢？而且心脏还不停地扑通直跳。

心情很奇怪。

是因为这个男人吗？

靠在中元肩膀上的恭实仰望着中元。

看到中元这样安静地闭着眼睛，恭实的心突然跳得很快。

她被自己的举动吓到了，赶紧抬起头看着中元。

什么？这是什么感觉？

恭实轻轻地抚摸他的肩膀。

第一次触碰这里的时候,鬼魂就消失了。

那时候,什么感觉也没有,怎么现在会这样呢?

恭实又把手放在自己心脏位置上。

她感受到心脏在怦怦直跳。

这种颤动,并不是看到鬼魂时惊吓得颤动,或恐惧得颤动。

恭实再次伸手小心地触碰中元的脸。

心跳一直传到了手指尖,她的手也颤抖起来。

中元似乎也感受到恭实颤抖的手,他张开了眼睛。

这又是干什么啊?他瞅着恭实。

恭实鼓起勇气,艰难地吐出了一句话。

"社长,我这样抚摸你也可以吗?"

中元抓着她的手放到他的胸口处。

"哪有这样的,我也不是随便被摸哪里都可以的。"

恭实吞下一口口水。

难道这男人也像我一样心脏怦怦直跳,恭实不安地望着中元。

这时,中元接着说道:"你使用防空洞时,能保持一定的距离就好了。我不喜欢你的这些小动作。"

就像一个充满气的气球,"嗖"的一声泄了气。

抓着手时是亲密的关系。

像现在一样把手放在他的脸和胸口上。中元却猛地惊醒过来,责怪她"你又在干什么?"说完,甩开了她的手。

恭实感到很难过,像傻瓜似的自己还那么兴奋。

不知他刚刚是喜欢,还是讨厌。还是先看看情况吧!恭实本来想顶撞他,现在却不得不谨慎起来。

恭实用手安抚着还在咚咚直跳的心,念叨着小心点,小心点。

"是啊,小心点。我说了会听你的鬼故事,所以,以后再这样受伤可不行了。"

中元"啪"地碰了一下恭实的额头,再次清楚地划清界限。

担心她的伤势时也很亲密,但是,比这更过分的是责怪她"你又在干什么?"时的态度。

恭实什么心情也没有了。

好丢人,就像傻瓜一样,这种想法真的很傻。

看着恭实耷拉下来的肩膀,中元拉着她,说要送她回家。

但是,恭实不想老是出现傻瓜一样的想法。

"你在拘留所里不是也受伤了嘛,这程度还是值得我去担心的,走吧,我用车送你回去。"

"得小心点。刚刚雷达探测到气氛异常。"

恭实再次安抚着自己的心脏。她觉得也许是因为鬼魂才这样的。

中元向恭实伸手,叫她一起走。

恭实凝望着他的手。

要是拉着手,心脏又会咚咚直跳了,所以绝对不可以再拉了。

恭实摇头拒绝了。

“你是害怕我送你回去会被姜糖果发现吗?”

也不能说不是。恭实吞吞吐吐地说道:“只是想小心点而已。”

“我一点都不担心。如果在路上碰到姜糖果,也不要慌,我会明确地告诉他,只和你亲近了那么一点。所以,不要担心,走吧。你知道和社长共处是多大的荣幸吗?姜糖果也不会随便说你的。”

不知道恭实心思的中元紧紧握住她的手,拉着她大步往前走。

恭实的心也被中元拉走了。

第八章
心痛会给出答案

“证实朱中元社长是因为太恭实才进警察局的。另外，太恭实和死去的车熙珠肯定存在着某种关系。之前由于个人原因没来得及处理，实在对不起。”

姜宇不安地做着汇报。

还说要收起对恭实的感情，现在就像下定决心自我催眠一样，表情和口气比平时僵硬很多。

在地球的另一端——西班牙，中元的父亲下了指示，需要姜宇打探一些信息。

车熙珠是孤儿，要是太恭实也是孤儿的话，那她们很可能就是在保育院之类的地方相遇的。中元的父亲拿起旧照片仔细地看,并让姜宇去打听太恭实是否在欧洲居住过,或者去过欧洲。

在这张具有长久历史的照片里,一个跟车熙珠长得很像的女人,和另一个西班牙女人很亲密的样子。

中元的父亲放下照片,陷入了沉思中。

对于姜宇,他多少有点担忧。他知道姜宇对太恭实有好感。

中元的父亲问他是否能应付过来,姜宇冷静地回答可以。

和冷静的声音不同,他的心却很刺痛。

“不要假装坚强,如果辛苦就说出来吧。当你没有坦诚自己的内心时,疼痛会给出内心的答案,心很痛吧?”

一定要跟她说清楚!

姜宇挂了电话,下定决心要处理好和恭实的关系。

看着放在书桌上的一对 Dooly 娃娃,姜宇的心更难受了。他毫无眷恋地拿起娃娃装进垃圾袋里,转身出去。

恭实下了车。

她嘱咐中元,从拘留所出来一定要吃豆腐,中元却说不吃那一类东西。

但是,他突然叫住了疲倦的恭实。“你刚刚说雷达探测到了异常情况,是因为鬼跟过来了吗?”

“不是让人害怕的东西,而是我觉得应该给它点教训,让它好好听一下我的话。请回吧。”

就像什么事也没发生过似的,恭实送走了中元后,“咚咚”打了自己的头几下。

不是糖果少女啊,是雷达,雷达,太恭实,打起精神啊!

曾经有一段时间自己就像傻瓜一样,但总是这样子,还能勉强维持下去吗?恭实叹了一口气。

出来倒垃圾的姜宇从刚刚开始,就一直在观察着她。

凝望着中元的恭实,凝望着恭实的姜宇。

心中仍有眷恋的姜宇,望着垃圾桶里面的 Dooly 娃娃。

心情很不好。

决心要忘掉恭实的姜宇,把娃娃扔进了垃圾堆里。

中元把清心丸放进口中,紧绷着脸。

遇见太恭实之后,就像吃维他命丸一样每天吃着清心丸。

妈的。

可能太苦了,中元打开冰箱想找点吃的东西,突然视线停在一块瑞士芝士上。

她说要吃豆腐。

这个跟豆腐差不多吧?

中元躺在沙发上,舒服地伸展着长腿,拿着刀边切芝士边吃。

吃着吃着,脑袋里浮现出恭实方才抚摸自己的脸的一幕。

“社长,我这样抚摸你也可以吗?”

怎么无端端会在这个时间想起她呢?

啧,不过是拉着手坐在一起的女人罢了,瞎操心。

中元把整块芝士放进口中一个劲地咬着。

“哎哟,咸死了。”

这时,程兰和石哲进来了。

看样子是为中元进警察局的事情而来的。

石哲还没坐下,便说:“听说你刚从警察局回来,竟然不是因为钱的问题,就这样进去了,我还真吓了一跳。”说完,他狠狠地打了中元一拳。

“幼稚。”中元嘲笑道。

“我不能说你做了什么好事,但那女人在你身边,你就做出了这种事,你的父亲也听说了恭实,还问我是怎么回事。”

听到程兰的话,中元表情冷冷的。

这才是中元惊讶的事啊!

“过去34年里,从来都不关心自己的父亲怎么突然关心起自己,这里面肯定有文章。”中元怀疑地说道。

而且,父亲在地球的另一端,他如果知道恭实的存在,那么自己的身边肯定是有密探。

中元盯着石哲,觉得他最可疑。石哲连忙否认,说不是自己。他反应那么自然,又不像在说谎。

石哲突然来火了,他说中元的父亲只是想快点看到自己的孙子才这么做的,他讥讽中元这次要好好表现。说完,又挥起拳头。

中元也不是好惹的,他连忙一闪,避开了那一拳,然后不疾不徐地回击了石哲一拳。

“你这样做,父亲的孙子就会出来吗?一点意义都没有。”

另一边,恭实娴熟地拿起豆腐“咯吱咯吱”地吃起来,面前的娃娃就像是自己的分身,叮嘱她要注意食量。

“最近雷达没有探测出可怕的鬼魂,难道你被肮脏的魔鬼缠身了?你刚才那样摸他,是性骚扰啊,和地铁里摸人家屁股的家伙没两样。”

恭实用手抚摸娃娃的脸,就跟刚才抚摸中元的脸一样,现在想起来，觉得很丢脸，浑身起鸡皮疙瘩。

恭实突然惊慌起来。

可能是超市奶奶的鬼魂来了。

她想有办法了。

既然来了，恭实让超市奶奶对她凶狠点，好让自己清醒过来。

超市奶奶好像听懂了恭实的意思似的，随即摆出一副可怕的样子，把恭实吓了一大跳。

恭实摇着手说害怕，边喊停边急匆匆地往外跑。

恭实走到回收箱旁，想通过整理废旧物品，管束好她那傻瓜似的心。

但超市奶奶还是用可怕的眼神盯着恭实。

“现在我精神好了，就到此为止吧，快从垃圾桶里出来吧。”恭实劝道。

折腾了好一阵子的恭实停下手来。

这时，姜宇从楼梯上走下来。

他穿着运动服，是准备去运动吗？

但是，和平时不同，姜宇紧绷着脸，假装没看见恭实。看到这样的姜宇，恭实想，是不是因为自己先回来，没等他一起下班，弄得姜宇生气了呢？于是，恭实向他道了歉。

然而，姜宇的表情依然如此。

他不能接受恭实的道歉。要是他现在接受了,那以后就更难受了。

也许姜宇下定了决心要在事情还来得及挽回时,在自己还没变得脆弱之前,整理好自己的感情。他停下了脚步,转过身走到恭实面前。

"太恭实小姐,我觉得有必要理清我们的关系。我喜欢你的事是一场误会。其实,一开始我是演戏给其他人看,没想到你却当真了,后来又不好否认。看到你如此感谢我,我就想试着继续下去,但是却发现我们是不可能的,对不起。"

恭实顿时愣住了。

啊,这种事也有。

怎么感觉那么奇怪呢?

丢脸死了。

他应该在刚开始时就否认啊!

这样又买糖果,又买演出门票的,弄得自己那么兴奋,心都软了。一想到这些,恭实就觉得很丢脸,要是现在看到老鼠洞,真想就这样钻进去。

她的脸滚烫滚烫的,无法直视姜宇,赶紧用头发挡住了脸。

看到这样的恭实,姜宇没有丝毫动摇。

"虽然给你买糖果,买演出门票,但也不代表我喜欢你啊。对吧?"

是吗?恭实回想以往的片段。

不知这究竟是怎么一回事。

"我一位尊敬的前辈说过,当你没有坦诚自己的内心时,疼痛会给出内心的答案。你不会因为我心痛吧?所以我也不用再道歉吧?"

说完,姜宇便转过身出去了。恭实看着他的背影,不知为何感到很抱歉。

奇怪了。

明明恭实是被他甩,为什么她反而感到抱歉呢?

难道真的如姜宇所说不会因为他而心痛吗?

恭实按了一下自己的心。

对不起。

一点都不心痛。

压抑的姜宇在公园里不停奔跑,好像要把对恭实的所有情感都扔掉。

跑了好一会儿,他累得停下来"呼哧呼哧"地直喘。

也许是汗水,也许是泪水,姜宇的眼前一片模糊。

他把手按在心上。

心很痛。

不知是因为气喘而痛，还是因为别的事。

KINGDOM 酒店游泳场里，穿着比基尼的性感女人们正准备下水。

一个女鬼“扑通”跳到水里，向着美女们的长腿游去，等靠近时，那又白又长的手臂一把揪住了一个女人的脚脖子。

“呜呜～”

刹那间，那个女的沉到了水底下。

她在水中拼命挣扎，想浮上水面，但一点用也没有。

这时，下沉的那女人似乎看到了什么，大声惨叫起来，完全丧失了理智。

周围的人这才意识到出事了，吓得聚拢在一起。

这已经是 KINGDOM 酒店游泳场第三次发生的事故了。进入水里可能会被什么拉着腿下沉，有可能是他人的恶作剧。但是，救生员也看到过几次，说不是人为的恶作剧。

中元分析着从石哲处拿来的报告，十分心烦。

这种事也有。

当下正值旺季，却出现这类奇怪的传闻，这对 KINGDOM 酒店非常不利，顾客很容易被 GIANT 酒店给抢走。

绝对不能让事情再发展下去。

中元动了下脑袋，想到了什么。

啊，太恭实。

中元表情突然亮了起来。要把雷达放到游泳场里探测一下才行。

因为昨天那件事，恭实整晚辗转难眠，再加上被超市奶奶的鬼魂缠着，完全睡不着。

恭实在整理着赠品箱。不知何时起，中元已经站在她的后面，他“咚咚”敲着门，满脸笑容。

“你好。一百亿雷达，我需要用雷达。”

恭实转过身，中元吓了一跳，她现在的样子比鬼魂恐怖多了。

“社长，我看上去像不像有病啊？”恭实无力地问道。

“还没有到有病的程度，不过你今天的状态跟僵尸差不多。”

说起这事，中元便趁机套她的话。

“你见过水鬼吧？”

恭实皱起眉头。

水鬼。想想都可怕。

“以前去汉江边吃炸鸡的时候，就差点被水鬼拉到水里溺死。之后，也会看到其他的鬼魂，但就是不想再见到水鬼。真的真的很讨厌。它们是所有鬼魂中最可恶的。”

恭实的身体一直哆嗦着,连旁边的中元都被惊到了。

原本想让她帮忙抓水鬼,没想到她这么害怕,现在怎么办好呢?

只让她过去抓水鬼也会不安啊!

中元又挠了挠头。

KINGDOM 酒店体验券。

从奎道手里接过信封的恭实,心想这是哪里来的横财啊!

奎道说是让她和朋友在休息时一起过来玩,恭实撇着嘴想:刚刚还说她恐怖得像僵尸,现在又让她好好休息,还附上体验券,看来他还是挺有良心的。

就像收到玩具的小孩子一样,恭实开心得不得了。旁边的奎道却觉得过意不去。

“已经跟恭实小姐讲了。她很开心地答应了明天去。”

中元拍手称好:“这主意不错。首先让她观赏风景,然后再叫她看看情况就行了。这也算是一种贿赂吧。太恭实的用处还挺多的。”

突然,犹豫不定的中元叫住了正要出去的奎道。

“你有向父亲报告过我的事情吗?”

自从中元的父亲到外国之后，奎道就没跟他通过电话了。

中元觉得更加不对劲了。

对结婚对象都不关心的父亲，怎么会对太恭实有兴趣呢？中元怎么想都觉得奇怪。

就算是同情心，也毫无根据，说不过去啊！

姜宇和伊玲坐在咖啡厅里。

也许是姜宇把伊玲叫来的，伊玲好长时间没有在姜宇面前滔滔不绝了。

姜宇拜托伊玲打探恭实的信息。

姜宇想借助恭实曾经的好朋友，知道她是否见过去世的父母亲，以及他们之间的关系。

伊玲原本还期待着和姜宇有进一步的发展，听到这话，甚是失望。

"为什么偏让我打听恭实的家庭呢？难道你们要结婚？"伊玲满脸不悦。

"都快结婚的人了，怎么还会在背后调查？不是有见家长这个习俗吗？"知道伊玲在揣测，姜宇为自己辩解起来。

不知怎的，看到伊玲的表情，姜宇会心一笑。

"那是因为工作吗？啊，如果是为了监视她，那任何时候你都可以帮助她。”

伊玲提议一起去吃个饭,边吃边聊,然后向着姜宇暗送秋波。

其实,从收到姜宇的联系那一刻起,伊玲就已经预约了最有名的会员制餐厅。

但是碍于自尊心,她不好当面说。

想到现在刚好是用餐时间,姜宇自然会答应。

但是,没料到姜宇依然那么冷漠。他直接拒绝了伊玲便站起来离开了。

伊玲的自尊心再次受伤。

已经预订好了餐厅,自己还亲自邀请他这个工薪阶层过去用餐。姜宇实在太可恶了,伊玲心里很不是滋味。

唉,真气人。

希望保育院院长室里。

院长向程兰和奎道问好。她说:“虽然车熙珠已经死了15 年,但每年您都没有忘记她成长的地方,一直帮助我们,真是非常感谢。”院长紧紧握住程兰的手。

这样看来,车熙珠已经死了 15 年。

程兰觉得来这里就有种要偿还车熙珠性命的感觉,所以,她早就想和这个地方断绝一切往来了。

然而，考虑到中元还需要她的帮忙又觉得来这里是对的。

中元和车熙珠第一次相遇的地方就是这里。

出了院长室，奎道觉得很难受，停下脚步回望着保育院。

突然他看到了一个熟悉的面孔正朝着保育院走去。

是姜宇。

他为什么来这里。

某种想法在奎道的脑里一闪而过。

难道……

“太恭丽，太恭实……这对姐妹没有托管在我们保育院里。”院长仔细地看着恭丽和恭实的合照说道。姜宇听到后，有点难堪。

如果不是在保育院认识，那车熙珠和太恭实究竟是什么关系呢？

姜宇好像掉进了迷宫一样。

恭实在酒店大厅里欣赏着风景。

还是第一次来到这么漂亮的酒店啊！得打个电话给姐姐恭丽，催促她带上朋友赶紧过来。多亏中元才能欣赏到如此美丽的景色。

在金碧辉煌的装饰灯下，酒店显得格外明亮，也没有可怕的鬼魂。

来到大厅的一角，恭实停住了脚步。面前是一幅烟火表演的宣传画，这 KINGDOM 酒店里的夏季烟火表演。

这对恭实来说，只是画中饼，可望而不可即。

白天不放烟花，晚上又因为鬼魂而不能出去看。一次都没正式欣赏过浪漫、梦幻的烟花表演的恭实，想到自己的身不由己，不由得暗自神伤。

唉……

这时，电话响起。

是中元。

恭实接了电话，欢快地称赞起酒店的美。

“当然。是我们家的。现在在你旁边的那幅画也是十分昂贵的。”

恭实转过头，看到挂在墙上的一幅大画像。

“看上去确实挺贵。”

咦？他怎么知道我旁边有画呢？

恭实以为他透过监控监视着酒店，谁知中元就站在她后面几米处，笑眯眯地望着她。

她看到中元，既惊讶又高兴。

但是这男人来这里干吗？该不会是过来看我的吧？

对着怀着满满希望的恭实，中元提议一起去吃饭，说完，便大步往前走了。

恭实紧跟着他。这时，酒店响起“晚饭时间后，游泳池禁止外人出入”的通知。

游泳场？禁止出入？什么情况。

经过的女职员窃窃私语。

“听说朱社长今天租下整个游泳场，为一个女的举行烟花表演。”

真羡慕。那女的真好……

恭实感觉飘飘然的。

难道那个女的就是我……应该不会的，但她心里还是抱着一丝的期待。

前面的中元转过头来问道：“想吃什么尽管说，我都买给你。”

“我最近没什么好运，你想买好吃的给我吗？”

是托黑眼圈的福吗？如果不是，是因为刚刚嘲笑我像僵尸而感到愧疚？

中元特别的照料确实令恭实感到很意外，但不管理由是什么，现在的恭实很高兴。她就像童话书里的灰姑娘和糖果少女，兴奋地飞向天空。

酒店餐厅里,恭实和中元品尝着牛排。

中元亲切地为恭实倒上苏打水。

恭实眼也不眨地看着中元,心想他怎么对自己那么好呢?

“在美丽的地方休息,黑眼圈也褪了,脸色看上去真不错。”

听到他说自己黑眼圈褪了,恭实的心情好了不少。

她摸摸眼边,感觉真的没有了黑眼圈。

“哈哈~”

好久没听到这种傻笑。中元盯着她。

万一恭实看到水鬼后掉进水里,那就要换掉身上的衣服了。中元正斟酌着如何问她的衣服尺码。

看到中元直直地看着她,恭实有点尴尬。

中元察觉到她的表情变化,就跟她说两个小时后在酒店大厅等,说完便站了起来。

饭已经吃完了,还有什么要说的吗?

中元向着她眯眼一笑。

“有件非常重要的事,你可能会被吓到,但是不要生气。”

重要的事?可能会被吓到,但不要生气?

到底是什么事?

俗语说没有不透风的墙，话可传得真快啊！

女职员们在化妆室里议论纷纷，都十分羡慕那个女人。

今晚，朱中元社长把游泳场包了，准备烟花表演。不知道是哪个女的那么幸运。

看样子就像在酒店里的不断回放的传声机。

正在洗手的恭实听到也觉得兴奋，这种心情连她自己也没发觉。

表演？难道……是为我准备的？

不知道是不是。虽然不太可能。

但还是期待一下吧！

恭丽在自助加油站里加完油，此刻她正坐在驾驶位上。

翰洙坐在副驾驶座位上。

他们正准备前往 KINGDOM 酒店，恭实就在那里等着他们。

但恭丽看起来并不开心。

原本想把姜宇叫过去，撮合他和恭实，谁知翰洙自己跟了过来，连油费也不出，就这样坐着，真让人讨厌到极点。

她瞟了翰洙一眼，便发动汽车，突然她停了下来，表情开始变得僵硬。

恭丽盯着在前面加油的男人。

他的车镜上悬挂的装饰和恭丽的一模一样。

金东秀。

那个骗了恭丽的钱逃走的家伙。

他加完油开车离开，恭丽想也没想马上紧跟在他的车后面了。

翰洙一直劝她要往KINGDOM酒店方向开去，但恭丽完全无视她，心想一定要抓到那该死的家伙。

躺在床上的恭实。

她兴奋地做着各种猜想。

中元把整个游泳场租下，和她约定两个小时以后见面啊！

最后得出的结论是，中元为了恭实租下整个游泳场。

不会把恭实安置好后，就和其他女的庆祝吧，这种想法不符合常理。

再加上中元身边的女人就只有恭实。

"叮咚。"

是朱中元社长派人过来，请恭实过去，并递给了恭实一份大礼物。

是什么呢？恭实的心"扑通扑通"地跳着，她打开礼物，绽开了花一般的笑容。

好漂亮的裙子和鞋子啊!

漂亮,真的很漂亮!

"哈哈~哈哈~"

她傻笑起来。

中元说的重要的事难道是……

恭实想象着中元在游泳场为自己举行烟花表演的情景。

单是想想也觉得很感动。

恭实穿着中元送的裙子和皮鞋,小心翼翼地走到游泳场入口。

人靠衣装马靠鞍,打扮过的恭实,外表丝毫不亚于财阀的女儿。

看到恭实,经理谦恭地打招呼,为她做向导,恭实弱弱地问道:"真的是租下整个游泳场,谁也不能进来吗?"

"社长吩咐,除了您二位,谁也不可以进来。"

恭实越来越兴奋。

从刚开始,恭实就已经心跳加速,满脸发烫了。

真的如自己所想,中元为自己准备了精彩的表演吗?如果是这样,我要做出什么反应呢?

恭实的想象力越来越丰富。

她进了游泳场,中元就站在她的不远处。

恭实充满期待,慢慢地走向中元。

“我不是来玩的,是因为游泳场里出了问题才过来。职员们说水里好像有什么东西,我要先处理完再过去。”

恭实在距离中元几步的地方停下。

她听见了中元的通话内容。

恭实恍然大悟。

原来是这样!是这样子啊!并不是什么表演。原来又是自己想太多了。

其实稍微思考一下就会明白!

他说要用百亿雷达,又问她有没有见过水鬼,还有租下整个游泳场,这都是为了抓水鬼,她却不知道。

就像傻瓜一样,居然什么都不知道,还那么激动、兴奋,穿上裙子和鞋子过来。

多傻啊!

恭实犹豫地往后退。

在被他知道自己又在胡思乱想前,必须先离开这里。

恭实“呼啦啦”地往外跑。

听到动静,中元转过身来,看到往回跑的恭实。

他大声喊她,问她去哪儿,恭实一边摆手一边跑出游泳场。

恭实换回自己的衣服,站在镜子前。

就像灰姑娘被打回原形。

差点就出大事了。这次差点丢脸死了。要是真以那副模样过去,会怎样呢?只是想想就冒冷汗。

“但是我为什么会伤心呢?”恭实的眼泪不停地在眼睛里打转。

“为什么会沮丧呢?”

就像积食一样,恭实用力地按压那堵塞的胸口。

心很痛。

她想起姜宇说的话,“当你没有坦诚自己的内心时,疼痛会给出内心的答案”。

恭实强忍着眼泪,用力拍打自己的心口。

中元在等待恭实的时候,看见她穿着裙子慌张逃跑,这让他十分担心。

中元害怕她发生什么事,便离开了游泳场。

“您还要什么呢?花、香槟、管弦乐队还是什么,我都可以为您准备。”

中元觉得这些话没头没脑的,正要离开,突然明白过来。原来她慌忙逃跑的原因是这样啊!

很多人都想象过的浪漫情节。连恭实也会。

妈的。

恭实换完衣服,不悦地走出来。

经过的女职员看到恭实,在嘀咕着什么。

说她自作多情,竟然还换上衣服过去,谁知被人赶了出来。

说她白费力气。

又说这从一开始就不是表演。

恭实根本不想听他们的话,偏偏他们的声音那么大。

原本还很羡慕,现在看到这个模样,该有多惨啊!

恭实越听越羞怯。

突然,中元出现在她的面前。

他的视线停在了恭实的衣服上,恭实连忙解释道自己已经换好衣服了。

中元感到很抱歉。

“刚刚很漂亮啊! 走吧。”

他拉起恭实的手。

也许是不安,也许是生气了,她挣脱掉中元的手,说这里没有可怕的东西在,没关系的。

她害怕自己又表现的像傻瓜一样。

“比鬼魂更可怕的是人们的眼睛。”

恭实抬起头四处张望。

周围的人都在注视着他们两人。

就像在观看精彩的表演似的。

“人们都在议论‘他们在干吗?’,这样不行啊。”

恭实不想再成为傻瓜,又甩开了他的手。

但他抓起恭实的手挽在自己的胳膊上,望着她。

“他们说什么,我都没关系,但是你会在意啊!太恭实,心情糟透了吧?刚才穿上我送的衣服跑出去,感觉就像糖果少女。”

听到中元的话,恭实迟疑起来,中元到底有什么瞒着她?干脆把心里的话说出来吧!

“在昂贵的餐厅就餐,穿上名贵的衣服,不管是哪个女的都会有糖果少女的感觉啊!倒不如一开始就点明是冲着雷达来的,我就不会做出这种可笑的事。”

“你说害怕,但我还是你的防空洞,你说讨厌这样,我还胡乱推给你,对不起。”

中元滔滔不绝地说起来。

看着中元真诚地坦白,没有找其他的借口,恭实很感谢他。

她感受到中元的歉意了。

恭实的气消了,心也软了,羞涩地笑了起来,然后对中元说一起去抓水鬼,两人便迈开脚步往前走。

看到恭实心情好了,中元便一把抓住她的手,挽着自己的胳膊。

恭实很惊讶,说没必要这样子,正想推开他的手时,中元悄悄指着周边的人。“你能甩开我的手就甩开吧,我无所谓。”

围观的人越来越多。

也许大家都期待着恭实变回糖果少女的模样。

这样才有趣。

恭实不可能不知道,但她不想成为人们所想的那个样子。

恭实笑了笑,神气十足,挽起中元的胳膊向着游泳场走去。

恭丽的车停在了住宅区的小巷子里。

她从加油站一直跟到这里,旁边的翰洙不停地发着牢骚。

她前男友的车子就停在前面,看着他从车上走下来,恭丽咬牙切齿地打开车门,准备走过去向他讨回欠款。

突然，她停下脚步。

恭丽和翰洙像是看到什么惊住了，呆呆地盯着前方。

一个怀孕的女人从屋子里出来迎接他。

他们的样子好有爱，好幸福。

恭丽无力地放下紧抓着的车门扶手。

“他已经结婚了，还让他还钱？”

听到翰洙的话，恭丽“哗啦哗啦”流下眼泪。

看着他们那么幸福，也不能过去叫他还钱，自己这样大老远追来也白费劲，一方面可怜自己被人骗了钱，另一方面也怨恨这个家伙，骗了人钱后还活得逍遥自在，恭丽在觉得寒心的同时很生气，怒气直涌上心头。

她一头撞到方向盘上，不停地哭，翰洙拍拍她的肩膀，为她感到难过。

咖啡厅里。

伊玲戴着太阳眼镜，和姜宇相对而坐，看上去两人就像在秘密接头。

大概是伊玲打听到了关于恭实的消息。

“我问过恭实最亲近的朋友，确定他们是恭实的亲生父母，她和父母的关系也不错。我录下了通话内容，你需要我就放给你听，好吗？”

“给我吧。不管怎样，谢谢你。”

要办的事还是挺简单的。

唯独对自己冷漠的姜宇，让伊玲的自尊心严重受损。她似乎下定决心这次决不能轻易放他走。伊玲压低夹克衫上的帽子，跟着姜宇出去了。

两人来到地铁站，跟在姜宇后面的伊玲像间谍似的，甚是开心。

姜宇突然停下脚步，问她干吗总是跟着他。

伊玲说她开车来了，可以载他一程，但姜宇并没有答应。

“我坐地铁回去。地铁能把每个人都送到目的地，如果你也可以坐地铁就坐吧。”

姜宇的言外之意是，你能跟来就尽管跟来吧。

伊玲不服气，愤怒地“哼”了一下，嘟嘟噜噜地追上去。

地铁里。

姜宇和伊玲并排坐着。

姜宇见劝阻不住伊玲只能无奈地坐在那里。伊玲和他不同，虽然用帽子和太阳眼镜遮挡着自己，但依然得意洋洋。

这样看上去才像大明星太伊玲。

这时,后面传来了两个人的说话声。

一对情侣在悄悄议论着太伊玲。

“她不是广告牌上面的明星吗?唱歌又不好听,还能当歌手,真可笑。年轻时挺漂亮的,现在老了,整容痕迹好明显……”这话听着就让人难受。

他们甚至还说她已经过气了。

他们赞美像 IU 一样又年轻,唱歌又好听的明星,却把同是演艺人的太伊玲贬得一塌糊涂。

伊玲低着头边听边撅起嘴。也许是担心她吧,姜宇抓着她的手臂,在她耳边小声说道:“我们下站下吧。”

伊玲觉得不服气,心想不能再让他们说下去了,她猛地站起来,把眼镜和帽子都甩到一边,大声向车上的人问好。

全车的人,包括刚刚在取笑她的情侣都吓了一大跳。

伊玲走近那对情侣,狠狠地说道:“我还走得出去吧?IU?之后便唱起了 IU 的歌,‘我~就是喜欢~哥哥~唉~怎么办~’”

看到那对受惊的情侣,伊玲的气也消了,她对着车上的人,摆了一个漂亮的姿势,厚着脸皮大喊“请多多支持太伊玲”。

她要让人们知道太伊玲是不会气馁的。

这话特别想对姜宇说。

她的目的达成了。

越来越多的人涌过来,姜宇马上挡在她面前,就像保镖一样。地铁的门一开,他便拉着伊玲跑出去。

走了一会儿,姜宇转过身,骂了她一句:“你是神经病吗?”

即使被姜宇这么说,伊玲还是很开心。

“哦,我决定了。和我交往吧。”

姜宇哭笑不得,直接拒绝,转过身就走了。

伊玲的自尊心又受伤了,她尖叫道:“喂~你这是什么态度啊?”

这一叫,引得周围的人都看向她,随即一窝蜂地涌了上来。

他们围着伊玲,纷纷举起手机拍照,你推我抢,乱成一团。

伊玲吓坏了,愣在那儿一动不动,不知道该怎么办。

这时,有人一把揪住她的手臂把她拉走。

是姜宇。

他拉着伊玲冲出重围。

这样被姜宇牵着的伊玲觉得好幸福!

游泳场里,恭实和中元坐在紫外线浴床上,一起望着泳池底。

看了好一会儿,什么也没看到。

得再等等看。

可能夜深了,水鬼才会从池底下出来。恭实开始烦躁起来,她站起来说要跳下去看一下。

就像在接受打针注射前的时间是最可怕的。

同样,在没看到鬼魂之前也是最可怕的。

最重要的是,恭实一心想着要在烟花表演开始前快点结束,可以安心地观看表演。

恭实深呼吸一口,穿上脚蹼,戴上潜水面具。

看着恭实,中元有点担心,甚至感到过意不去。

"水鬼真的很恐怖。一旦抓住人就会死死拉着不放。要是我没上来,你要把我捞出来。"

恭实穿着脚蹼,一步步走向游泳池,正准备跳下去时,中元挡住了她,摘下她的潜水眼镜。

到底还是放心不下啊!

"行了。不要去了。回去休息会儿一起看烟花表演吧!过几天把这里的水全部抽干就行了。走吧。"

看到中元放弃原本的想法,恭实虽然心里很害怕,但也有点遗憾,两眼一直瞪着游泳池。

突然,"扑通"一声,水面被划开了,什么东西正向着恭实快速游来。

恭实就像着魔了，下意识一步一步走向游泳池，身体快要被水吸下去了，恭实的上半身就要入水了。

中元一把拉住了她。

差点就掉下去了。

两人松了一口气。

“水里有位大婶。”恭实说道。

你说大婶的鬼魂？

中元相当意外。

一般说起鬼魂，不都会想象成年轻女人吗？

不管怎样，既然看到水鬼了，就要把她赶走。

但是恭实看到的大婶鬼魂有点奇怪。

她就像正常人一样坐在紫外线浴床上化妆。她究竟是为了见谁而打扮呢？

过了会儿，她又起身离开了。

水鬼通常只会在水里，恭实怎么看都觉得她不像水鬼。

恭实带着中元慢慢靠近鬼魂。

大婶的鬼魂进了女更衣室，恭实也跟进去了。

中元不能进去，只能站在外面。

不知道里面发生了什么事。过了一段时间，恭实出来了，她惊讶地几乎说不出话来。

“那位大婶洗了澡，蒸了桑拿，进化妆间时也敲了门。她可能还不知道自己已经死了。”

也许因为这样吧，她和人没什么差别。她还在餐厅里点了牛排吃，优雅地在大厅里喝咖啡，看杂志，这根本就是酒店旅客。最后还在KINGDOM酒店最贵的套房里住下，坐在窗边看夜景，品尝红酒。

感觉就像人的活动，恭实也吓到了。

也许在游泳场里，她以为自己还是人，在游泳的时候，为了让其他人走开，不要挡道才那样做的吧。

“去吧，去告诉她她已经死了，叫她到酒店办理退房手续。去吧。”

恭实小心翼翼地走近大婶，将中元跟她说的话传达给她。

大婶拿了一样东西给恭实看，看完后，恭实点了点头，向着中元走去。

“她说收到了中奖的信息，让她过来取。她递了一张入住券给我看，你有跟这张一模一样的券吗？”

不久前，酒店确实有搞过住宿奖券类的活动。

拿出当时拍的纪念照片一看，中奖者的确是这位大婶。

但奇怪的是，大婶没有死，她现在还活着。

这是怎么一回事?

医院急救室。

一位家庭主妇戴着呼吸器躺在病床上。

这位主妇就是恭实看到的大婶。

几天前,她在置办婆婆的生日会时摔倒在地后便昏迷不醒。

那天,她的丈夫喝醉酒发酒疯,抱怨生活;独生女儿顶撞、反抗妈妈;婆婆老是嘟囔不开心。

她的家庭并不富裕,也不幸福。

她只是一个没有希望,没有梦想的家庭主妇。

对她来说,最幸福的瞬间就是在 KINGDOM 酒店的活动上中奖,享受了几天的顶级套房待遇。

就像做梦一样。

她不想再回到混乱的现实中去。

就这样,她徘徊在生与死之间,无法到达任何一边,她想再次回到那个如梦一般的幸福瞬间。

中元坐在椅子上,就像看电视直播一样观望着。

恭实在化妆台旁一边安慰着大婶,一边说服她。

他虽然看不见大婶,但他知道大婶就坐在恭实的身边。

也许恭实的话并不受用吧!

恭实看着他摇了摇头。

这个时候,不得不使大招了。

中元突然问道,“她的女儿叫什么名字?”

“珠贤。”

听到女儿的名字,大婶有反应了,恭实便说起她女儿。

说她家里的人正在等着她回去,得快点回去才行。

恭实慢慢地开解劝导她,看着这番情景,中元不自觉地笑了。

尽管其他人都看不见,但在中元的眼里,对着空气说话的恭实一点都不奇怪。

他笑了,心想已经习惯了。

这时,恭实好像已经劝服了大婶。

她对着中元摆出一个“OK”的手势,说成功了。

“大婶说她要回去了,但想在回去之前,看一场烟花表演。就在那个游泳场里,我和大婶看完之后就回来。哦,大婶已经去换衣服了。我去去就回来。”

恭实正要走,中元拉住她,深情地看着她。

“鬼魂也去装扮了,你的心情也恢复了,可不能认输啊!”

恭实明白他的意思。

反正事情差不多解决了，恭实也要开心一点，她看着中元笑了。

恭实再次穿上美丽的裙子，刹那间，又成了童话故事里的灰姑娘，和中元一起来到大厅。

也许好久没看过烟花了，恭实十分兴奋。

看到这样的恭实，中元百般滋味涌上心头。

“大婶，一起走吧。”

大婶的鬼魂可能就在前面吧，恭实对着空气边招手边喊她。

周围的人用奇怪的眼神看着她，中元赶紧拉住恭实伸出去的手，挽住自己的胳膊，悄悄地说道：“好多人看着。你跟大婶讲话时，就装着和我说话吧。”

恭实这才反应过来，点了点头。

有中元的细心照料，恭实感觉自己真的成了灰姑娘。

今天，挽着中元结实的胳膊，恭实欢快地走向游泳场。

中元和恭实坐在香槟和鲜花之间。

当然大婶的鬼魂也在旁边。

这时，绚烂的烟花在空中华丽的绽放。

多么迷人，多么漂亮啊！

恭实望着大婶，也许她也是这么想吧！

品尝着香槟，沉醉在烟花表演中的大婶，两眼饱含泪水。

“对她来说，这曾经是一个很美好的梦。可现在梦要醒了。”

大婶的鬼魂“唰”地消失在空中。

她走了。

想到大婶要返回现实生活中，恭实的心里很不是滋味。

但也为她没有死去，能再次回家感到开心。

即使辛苦，大婶也要怀着梦想继续生活下去。

“大婶喜欢吗？”

恭实凝望着大婶坐过的位置，露出苦涩的笑容。

其实，自己的心也和大婶一样。就像大婶说过的，恭实在暗示自己的内心。

“她非常喜欢。她说就像仲夏夜之梦。在这里，脑袋发昏，像做了一个混乱的梦。既兴奋，又幸福，还心痛。这里的所有东西她都喜欢……”

说完，恭实看着中元。

真的是这样！

在这里望着中元的心情。

仰望天空的中元低下头，看着恭实。

两人视线相对，有点尴尬。

恭实感觉中元好像发现了自己的心声，马上扯开了话题。

“大婶走了。”

“什么时候？”

“刚刚。”

“我也看不到，相信你就行了。”

“嗯，烟花表演结束了。今天，我打碎了某人的美梦。”

恭实苦笑了一声转身离开。

这里，某人指的是恭实，中元知道吗？

恭实渐行渐远，她的背影显得特别冷清。

看着她离开的背影，中元感觉很不自在。

人生就是这样的。

被他人打碎的梦想，很可能成为他人的新梦想。

在“太伊玲地铁惊吓秀”报道中，看到刊登出来的姜宇照片，产生了新梦想的伊玲；被旧情人打碎了梦想，看到他的新梦想后独自伤心的恭丽；扔掉 Dooly 娃娃，看到承穆和承俊的玩偶后，重拾梦想的姜宇。

每天都有人做着梦，都有人从梦中醒来。

“社长您要去中国出差，为期一周。”

听到奎道读的日程安排，中元有些担忧。

从昨天开始，心里就一直想着恭实，很不舒服。

这时，他看到恭实正提着赠品箱走过。

一周时间蛮长的。

得跟恭实说才行。

恭实已经知道了。

她已经知道？

奇怪了。

如果知道了，不可能这么冷静啊，应该早就在那里大呼小叫，跑过来大喊“防空洞消失一周，我怎么办？”，这样才正常。为什么这么冷静呢？

很奇怪，中元感到一点失落。

奎道大概读懂了他的心思，将恭实和他说的话告诉了中元。“对我来说，社长就像特级酒店的住宿券。中奖需要很大的运气。我不可能一直待在那里，如果出来之后也想活得好，就要习惯不在那里。”

恭实是那么说的。

习惯不在那里。

看着恭实提起箱子快速走过，想到她的这番话，中元更加闷闷不乐。

原来还以为昨天在游泳场里说的话是她内心的想法。

知道了还为此烦心。

但是，这样看来，她可能只是把大婶的感情表达出来而已。

啧，自己无端费心了。

中元的心情坏透了。

不想被奎道发现的中元装出若无其事的样子。

“习惯不在这里也挺好的。”

“当你没有坦诚自己的内心时，疼痛会给出内心的答案啊。”

中元吓住了，凝视着奎道。

这话恭实也说过。

所以才找到了答案。

中元的表情僵硬起来。

恭实也讲过这话？

当你没有坦诚自己的内心时，疼痛会给出内心的答案，以前，从谁的口中经常听到这句话呢！

是车熙珠。

车熙珠经常这么说。

她说当你没有坦诚自己的内心时，疼痛会给出内心的答案。

我越喜欢车熙珠，我的心也越痛，所以说越痛就代表越喜欢。

但是,太恭实怎么会知道这句话呢?

该不是从车熙珠那里听来的吧?

中元马上走向恭实问她是否有见过车熙珠。

"我没见过熙珠。我……是听姜宇说的。"

一听到姜宇两字,中元突然想起了奎道的话。

奎道和程兰一起去保育院的那天,他们说在那里看到了姜宇。

原来这样。

中元的表情显得十分冷淡。

大概理出头绪了。

简历上写着姜宇经人推荐,后被石哲任用。

推荐人就是中元的父亲。

早就跟父亲说过不要这样做,对于父亲的干预,中元很生气。虽然夹在中间的石哲也会适当地用为了同时照顾两边这种借口去迎合父亲,但是,这样只会把中元的心情弄得更糟。

"你是我父亲派来的吧?"

中元责问姜宇。

他的声音里夹杂着愤怒和背叛。

但是，姜宇反而露出一副“终究来了”的表情，显得意外地平静。

看着提起父亲就生气的中元，姜宇还是把要说的话说出来。

“监视朱社长是我的任务。您父亲说任何和死去的车熙珠有关的人都有可能接近您。”

中元冷笑了。

为什么到了现在才这样呢？

已经过去 15 年，到了现在才担忧起这事，中元是怎样也理解不了。

“您父亲说车熙珠身边的某人可能就是那件事的主谋。车熙珠不是受害者，她是共犯。您觉得您父亲说的对吗？”

中元的表情冰冷起来。

15 年前，父亲就怀疑过中元是不是真的没看清劫匪。

但是，中元一直怀疑父亲究竟有没有把赎金给劫匪。

可能是因为没有给赎金，车熙珠才会死。

否则，为什么父亲会害怕中元看到那些劫匪而感到不安呢？

两人都相信着他们愿意相信的东西，一直生活到现在。

但是现在看来，已经无法再信任对方了。

“你转告我父亲，为什么他突然又对 15 年前的事感兴趣呢？他就继续相信自己愿意相信的东西活下去就行了，那条丢失的项链，我现在还在努力地寻找，拜托他那边不要找了。”

中元看着姜宇，一气之下吐出了所有的话，说完，便转身走了。

就像回到15年前一样，中元满脸煞气。

但看上去很是伤心。

恭实把文件放在中元办公桌上，突然担忧起来。

姜宇和车熙珠之间究竟是什么关系？

她感到不安和混乱。

突然，她感到一股奇怪的气息，便转过身去。

是车熙珠的鬼魂。

她站在窗边望着恭实，冰冷的眼神里透出点点的忧伤。

恭实吓得定住了，看着她。车熙珠像有话跟她说一样，慢慢靠近她。

大步走向办公室的中元，脸上依然充满煞气。

他想起15年前的事就生气，想起车熙珠也生气，想到父亲就更生气。

走到办公室门前，他猛地打开门。

看见恭实失魂落魄地瘫倒在书桌旁。

中元吓得赶紧跑过去扶起恭实，恭实望着中元，表情十分伤心和难过。

“车熙珠小姐刚来过了……她跟我讲了些话，自己为什么那么坏……”

听到这话，中元的表情也僵硬了。

该来的终究来了。

碰见车熙珠后，恭实才知道她是其中一名共犯，她没想到这么快就被恭实知道了。

看着受刺激的恭实，中元的心更加不好受了。

看着中元的恭实，也十分伤心。

这 15 年来，对谁也不能说，只能一个人承受，心里该有多难受啊！想到这些，恭实就觉得难过，心都碎了。

“她说是谁？是谁骗了我，和车熙珠一起的共犯是谁？”

“她没有说，她说要保护那个人。”

中元一脸痛苦。

自己最爱的女人居然欺骗自己，现在还说要保护那个人。中元更加痛苦，两腿发软，站也站不稳，只能扶着书桌勉强支撑着。

“中元，你越痛就越喜欢。”

中元真的如车熙珠说的，现在的心好痛。

讨厌这样，真的讨厌这样，心好痛。

中元费尽全力压制自己的感情，却痛得站也站不稳。

看到这样的中元，恭实感到难过和心痛。

想过去安慰一下，但又害怕会雪上加霜，只能站着不动。

也许她唯一能做的就是留下来守护他。

恭实轻轻地挪起脚步。

“不要走，留在这里。”

恭实停下脚步转过身看着扶着书桌好不容易站稳的中元，肩膀也颤抖起来。好可怜。

“我不想让熙珠看到我这个样子，既然你能看见她，就留在我身边守护我吧！”

（未完待续）

图书在版编目（CIP）数据

主君的太阳．上／（韩）洪美兰，（韩）洪定恩，（韩）黄霞詠著；韩成武，叶静怡译．—北京：中国电影出版社，2014.5

ISBN 978－7－106－03906－6

Ⅰ.①主… Ⅱ.①洪…②洪…③黄…④韩…⑤叶… Ⅲ.①长篇小说—韩国—现代 Ⅳ.①I312.645

中国版本图书馆 CIP 数据核字（2014）第 088491 号

主君的太阳．上

〔韩〕洪美兰　洪定恩　黄霞詠　著
韩成武　叶静怡　译

出版发行　中国电影出版社（北京北三环东路 22 号）邮编 100029
电话：64296664（总编室）　64216278（发行部）
64296742（读者服务部）　Email：cfpygb@126.com
经　　销　新华书店
印　　刷　中国电影出版社印刷厂
版　　次　2014 年 5 月第 1 版　2014 年 5 月北京第 1 次印刷
规　　格　开本/787×1092 毫米　1/32
印张/11　字数/190 千字
印　　数　1—10000 册

书　　号　ISBN 978－7－106－03906－6/I·0924
定　　价　35.00 元